रंगों की बहार

(महिला उर्दू लेखिकाओं की कुछ लघु कथाएँ)

संकलित :

फ़रह अंदलीब

RangoN ki Bahaar (few Short Stories of Female Urdu writers)
Edited By: Farha Andaleeb
Edition: October '2025
Publisher :
Taemeer Publications LLC (Michigan, USA / Hyderabad, India)

ISBN 978-93-5872-802-6
9 789358 728026

किताब	:	**रंगों की बहार**
संकलित	:	फ़रह अंदलीब
रचना-पद्धति	:	फ़िक्शन
प्रकाशन वर्ष	:	2025
पृष्ठ	:	150
कवर डिज़ाइन	:	ता'मीर वेब डिज़ाइन

विषय-सूची

(1) मेरी ना-तमाम मोहब्बत

हिजाब इम्तियाज़ अली

एक सुब्ह मैं बाला-ख़ाने से नीचे जा रही थी कि कमरा-ए-मुलाक़ात में मुझे गुफ़्तगू की आवाज़ सुनाई दी। झाँक कर देखा तो ज़ुबैदा दादी एक मख़मली सोफ़े पर बैठी हुई अपनी एक बूढ़ी सहेली से कह रही थीं, "कल हमारे ख़त के जवाब में रूही के वालिद के पास से ख़त आ गया! वो अ'न-क़रीब यहाँ आने वाले हैं और रूही की शादी कर देना चाहते हैं।"

ये सुनकर मेरे हाथों के तोते उड़ गए। आँसू बे-इख़्तियार मेरे रुख़्सार पर बह निकले, मैं ख़ुद को सँभालने के लिए किसी क़दर बाग़ के ज़ीने पर निकल आई। ज़ीने के पास सब्ज़-सब्ज़ दूब पर बैठ गई। बाग़ीचे में मशरिक़ी ममालिक का आफ़ताब चमक रहा था। ख़ुश रंग मक्खियाँ हिना के फूलों पर बैठी रसीले राग गा रही थीं। पास ही शाह-बलूत पर कोई एक छोटा सा परिंदा बैठा सुरीली सीटियाँ बजा रहा था। आह... ये कहीं मेरी नाकाम ज़िंदगी पर नौहा न कर रहा हो! कहीं इसे मेरी बर्बादी की ख़बर

न पहुँच गई हो।

शादी! उफ़ मैं बचपन से ही शादी को एक अ'ज़ाब समझती थी। शादी जिसके मअ'नी हैं ज़िंदगी की शे'रियत का इख़्तिताम! ख़ात्मा!! आह ऐसी-सितम अंगेज़ चीज़ कौन सी अफ़साना पसंद रूह पसंद करेगी

मेरा चेहरा सुर्ख़ हो गया। मेरा दिल ज़िंदगी से बे-ज़ार हो चला था। उस शाम दुनिया मेरे लिए एक तारीक ग़ार बन गई थी। दफ़अ'तन मेरी नज़रें उठीं। देखा तो कैप्टन फ़िक्री बाग़ के परले सिरे पर टहल रहे थे और कोई किताब देख रहे थे। आहिस्ता-आहिस्ता वो मेरे क़रीब आए।

"साहबज़ादी नीचे उतर आओ बाग़ में।", मगर मैंने चेहरा छिपा लिया ताकि वो मेरा मग़मूम चेहरा न देख लें।

"क्या बात है मेरी बेचारी कम-सिन रूही? नीचे उतर आओ।", मैं बाग़ में चली गई मगर फ़िक्री की तरफ़ से मेरे दिल में ग़ुबार था क्योंकि उन्होंने मेरे ख़िलाफ़ बग़ावत की थी। उन्होंने दादी-जान की तरफ़ से वालिद को ख़त लिख कर उन्हें मेरी शादी कर देने पर आमादा किया था। कैप्टन फ़िक्री ने मेरा मुँह

ऊपर किया। उसे आफ़ताब की रौशनी में बग़ैर देखे कहने लगे, "शो'ले की तरह सुर्ख़ हो रही हो! आँसू! नन्ही बच्ची! मुझे आँसू पसंद नहीं।"

मैंने अपना चेहरा दूसरी तरफ़ कर लिया और रोने लगी।

"रूही...!", उन्होंने कहा। फिर मेरे बालों पर शफ़क़त से हाथ फेर कर कहने लगे, "क्या मुझसे ख़फ़ा हो? क्या ख़ता हुई मुझसे?"

मैंने आँसू ख़ुश्क कर लिए।

"बहुत बड़ी ख़ता।", मेरी ज़बान से निकला। ये सुनकर वो मुझ पर झुक पड़े।

"ऐं मैंने तुम्हारा क्या बिगाड़ा है? तुम मेरी नन्ही सी दोस्त हो और अगर मैंने ना-दानिस्तगी में कोई गुनाह किया है तो ख़ुदा के लिए ज़रूर बख़्श दो और मुझे मेरी ग़लती से आगाह करो!"

मेरी आवाज़ लरज़ रही थी। जब मैंने कहा, "ना-दानिस्तगी में नहीं बल्कि सब कुछ जानते हुए आपने... ऐसा किया है। आह मैंने आज तक आपको अपना... अपना... (मुसलसल आँसू) ख़ैर-ख़्वाह... सच्चा हम-दर्द समझा था।"

"हाँ मेरी बच्ची! मैं अब भी तुम्हारा ऐसा ही हम-

दर्द हूँ। हम दोनों एक दूसरे से बहुत मुहब्बत करते हैं और इंशाअल्लाह हमेशा करते रहेंगे।"

मेरे दिल पर एक चोट सी लगी। आह न जाने क्यों। इधर चंद दिनों से मुहब्बत के नाम ही से मेरे दिल पर एक चोट सी लगती है। इन्हीं दिनों मैंने ख़्वाब में देखा था कि मैं किसी से मुहब्बत कर रही हूँ मगर मुझे ये ठीक-ठीक मा'लूम न हो सका था कि मैं दर-अस्ल किससे मुहब्बत करती हूँ। मेरी इस ख़ामोशी पर फ़िक्री मुतफ़क्किर हो गए।

"रूही! इंशाअल्लाह हम हमेशा मुहब्बत करेंगे मैं अब भी तुम्हारा सच्चा हम-दर्द हूँ।"

मेरे मुँह से एक आह निकल गई, "नहीं मेरे मेहरबान! आह तुम अब बदल गए हो! क्या तुम इस हक़ीक़त से ला-इ'ल्म हो... (एक छोटी सी हिचकी) कि मैं... मुझे... शहबाज़ से मुहब्बत नहीं... इसको जानते हुए भी तुमने मेरे वालिद को ख़त लिखा कि मेरी शादी शहबाज़ से जल्दी से कर दी जाए और... आह... आह... और।"

"कुहू-कुहू रोती क्यों हो?"

फिर मैं कहने लगी, "क्या आपने एक दफ़ा' नहीं कहा था कि आप मेरे बेहतरीन रफ़ीक़ हैं? आह...

जनाब आपने बहुत बड़ा गुनाह किया!"

कैप्टन फ़िक्री का चेहरा सफ़ेद हो गया। उन्होंने एक आह-ए-सर्द भरी फिर मुझे खींच कर सीने से लगा लिया, "मेरी प्यारी छोटी रूही मैं क्या करूँ? तुम्हारे कुल ख़ानदान की यही ख़्वाहिश है। तुम अपनी दादी के ख़िलाफ़ काम न कर सकोगी। वो बड़ी ही मा'क़ूल औ'रत हैं और ज़रा ख़याल तो करो आख़िर इसमें बुराई क्या है? तुम्हारा मंसूब ख़ूबसूरत है। तुम्हारा क़रीबी अ'ज़ीज़ है। नौजवान है और आ'ला दर्जे का ता'लीम-याफ़्ता है!"

ये कह कर वो मुझे प्यार करने लगे।

मैं रो पड़ी, "साथ ही बद-मज़ाक़ और कम-फ़हम भी है। उसके ख़यालात से मुझे इख़्तिलाफ़ है वो महल की अक्सर लौंडियों और कनीज़ों...", मगर उन्होंने मुझे रोक दिया।

"हुश! कोई बात नहीं, रफ़्ता-रफ़्ता दोनों आपस में मुहब्बत करने लगोगे।"

मैं दफ़अ'तन बोल उठी, "इस मुआ'मले में मशरिक़ हमेशा ग़लती करता है। नफ़रत मुहब्बत में तब्दील हो सकती है? ना-मुम्किन! आह कैप्टन! ये कभी नहीं हो सकता। तुम मेरी दादी और उनके पोते

की सिफ़ारिश करते हो? तुम कभी कामयाब न होगे! मैं न मानूँगी! तुम मुझे दाइमी मुसीबत में फँसाने पर तुले हुए हो।"

ये सुनकर कैप्टन फ़िक्री परेशान हो गए और थोड़ी देर बा'द मुझे ब-ग़ौर देखकर बोले, "रूही एक सवाल का जवाब दोगी?"

"पूछिए।"

"तुम किसी से मुहब्बत तो नहीं करती हो?"

"मुझे ख़ुद शुबह सा है।", मैंने जवाब दिया।

"ओ... ये मुआ'मला है अब मैं तुम्हारी नफ़रत के राज़ को पहचान गया। (मेरा एक हाथ अपने हाथ में लेकर) अच्छा छोटी लड़की! अब मुझे एक अच्छी बच्ची की तरह बता दो। वो कौन शख़्स है जिससे तुमको मुहब्बत है।"

"आप बड़े हम-दर्द बन कर इन सब बातों को न कुरेदें।", मैंने एक रूठी हुई मुस्कुराहट के साथ कहा। उन्होंने धीमे लहजे में कहा, "मुझे बताने में क्या हर्ज है?"

"मैं मुनासिब नहीं ख़याल करती, क़ब्ल-अज़-वक़्त कोई बात अच्छी नहीं मा'लूम होती।"

"मगर... अब वक़्त आ गया है। तुम अपने दिल

की बात ज़ाहिर कर दो। वर्ना वक़्त गुज़र जाएगा और तुम पछताओगी।"

मैं भी ये सुनकर सोचने लगी, "मगर मुझे ख़ुद नहीं मा'लूम, मुश्किल तो ये कि मैं ख़ुद नहीं जानती कि मैं किससे मुहब्बत करती हूँ?"

"ये तो ना-मुम्किन है।", फ़िक्री कहने लगे, "ये कैसे मुम्किन हो सकता है कि तुम अपनी मौज़ू'-ए-मुहब्बत से नावाक़िफ़ हो, क्या तुम अपनी दादी के किसी अफ़्सर से मुहब्बत करती हो?"

"हाँ कुछ ऐसा ही है।"

"वो कौन अफ़्सर है?", उन्होंने इश्तियाक़ से सवाल किया।

"मैं कैसे कह सकती हूँ कि कौन है? बहर-हाल इस वक़्त मेरे प्यारे कप्तान तुम मेरी मदद करो।"

ये कह कर मैं उनसे लिपट गई और ख़ामोश हो गई। फ़िक्री ने एक मुतफ़क्किर नज़र मुझ पर डाली।

"प्यारी! रूही ये बड़ी टेढ़ी खीर है! तुम अपने मंसूब से राज़ी नहीं हो। एक और शख़्स पर मरती हो और उस शख़्स का पता-निशान भी तुम ठीक-ठीक नहीं बतातीं। इस पर तुर्रा तुम्हारी दादी का मिज़ाज, उनसे किसी क़िस्म की रहम की तवक़्क़ो'

करना फ़ुज़ूल है! मेरी ग़रीब बच्ची ख़ुदा तुम पर रहम करे। बेहतर तो यही है कि तुम अपने दिल को सँभालो और शहबाज़ की बीवी बनो!", ये कह कर उन्होंने एक आह खींची। फिर झुक कर मेरे चेहरे को प्यार किया, "शहबाज़ की बन जाओगी ना?"

ये सुनकर मैंने हिक़ारत से शाने सिकोड़े, "आह तुम किस क़दर संग-दिल हो! काश तुम्हारी शादी किसी ऐसी औ'रत से होने लगे जिससे तुम्हें दिली-नफ़रत हो! मेरी दिली दुआ' है। फिर तुम्हें मा'लूम हो जाए!" ये सुनकर कप्तान फ़िक्री ज़ोर-ज़ोर से हँसने लगे। उनका चेहरा गुलाबी हो गया था। उनकी हल्की आसमानी रंगत की आँखें जगमगा उठीं। बोले, "तुम्हारी ये दुआ' कभी क़ुबूल नहीं हो सकती। मैं कभी शादी करूँगा ही नहीं!

दूसरे हफ़्ते मैं अ'लील हो गई। मैं मुद्दत-उल-उ'म्र अपनी ज़िंदगी के इन वाक़िआ'त को नहीं भूल सकती जो उन अय्याम में शोराक में गुज़ारे थे। ओ मालिक! अ'जब दिन थे। मेरे वालिद फ़्रांस की सियाहत से वापिस आ गए थे। मेरी दादी शादी की तैयारियों में बड़े ही एहतिमाम से मुनहमिक रहा करती थीं मगर मेरी अ'लालत ने मेरे वालिद और

दादी की ख़ुशियों को रोक दिया था और मैं दिल ही दिल में अपनी मुबारक बीमारी को दराज़ी-ए-उ'म्र की दुआ'एँ दे रही थीं। दर-अस्ल शिद्दत, नफ़रत और सदमे ने मुझे साहब-ए-फ़राश कर दिया था

मैं ऊपर की मंज़िल के एक आसमानी रंगत के कमरे में रखी गई थी जहाँ ख़ुश-गुलू चिड़ियाँ दिन-भर शीरीं नग़मे अलापा करती थीं और हिना की कलियों की ख़ुश्बू महका करती थी। मेरी अ'लालत के दौरान ज़ुबैदा दादी ख़िलाफ़-ए-तवक़्क़ो' मुझ पर बहुत मेहरबान रहीं। बात ये थी अब उनको यक़ीन हो गया था कि मैं उनकी ख़ुशियों पर बे-चून-ओ-चरा भेंट चढ़ा दी जाऊँगी। अब सख़्ती की ज़रूरत बाक़ी नहीं रही... अब हिरन दाम-ए-सय्याद में फंसने के लिए ख़ुद तैयार हो गया था।

वो बहार क़िरमज़ी रंग की शाम थी। वालिद नदी की सैर के लिए कश्ती पर चले गए थे। दादी-जान नीचे कमरा-ए-मुलाक़ात में लोगों से मुलाक़ात कर रही थीं। मैं अपने कमरे में दरीचे के पास कोच पर लेटी हुई बाहर का मंज़र देख रही थी। कश्तियाँ नदी में तैर रही थीं। आफ़ताब ग़ुरूब हो रहा था। इतने में किसी ने दरवाज़े पर इत्तिलाई घंटी बजाई। मैं समझ

गई कि कैप्टन फ़िक्री मेरे लिए डाक्टर लाए हैं क्योंकि डाक्टर के आने का यही वक़्त था। डाक्टर ने मुझे लेटे रहने की ताकीद की और कहा कि बुख़ार तेज़ है। डाक्टर के जाने के बा'द कैप्टन फ़िक्री मेरे पास आकर कहने लगे, "रूही! तुम बुख़ार में भुन रही हो मैं तुम्हारे पास रहूँगा! उफ़्फ़ोह! किस क़दर गर्मी है! बर्क़ी पंखा खोल दूँ?"

"खोल दीजिए...", मैंने कहा, फिर किसी क़दर वक़्फ़े के बा'द बोली, "आप बाहर तशरीफ़ ले जाएँ आपको कमरे में बहुत गर्मी महसूस हो रही होगी।"

ये सुनकर वो मुस्कुराए, "मा'लूम होता है तुम मुझसे अब तक सख़्त नाराज़ हो! नहीं रूही! मैं बाहर नहीं जा सकता! तुम बहुत बेचैन हो। मैं मादाम ज़ुबैदा के आने तक तुमको तन्हा नहीं छोड़ सकता! (मेरी पेशानी चूम कर) मैं जानवर नहीं कि तुम्हें तन्हा छोड़ दूँ।"

"कनीज़ें?", मैंने सवाल किया।

"कनीज़ों की सोहबत तुम जैसी आ'ला ज़ाक लड़की को परेशान कर देगी। कभी ख़ुश न करेगी। मैं यहाँ रहूँगा! (झुक कर मेरे बालों पर हाथ फेरते हुए) रूही प्यारी! मैं तुमको तन्हा न छोड़ूँगा!"

मैंने तंज़न कहा, "जैसे आप मेरे बड़े हम-दर्द हैं!" रिक़्क़त से मेरी आवाज़ भर्रा गई।

"अ'लालत से सख़्त परेशान हैं।"

"मेरी परेशानी का अंदाज़ा तुम नहीं लगा सकतीं!"

"मेरी अ'लालत के बानी आप लोग हैं। न मेरी निसबत शहबाज़ से होती न आज मैं अ'लील होती।", मैं रोने लगी।

"आख़िर तुमको साहब-ज़ादे से इस क़दर नफ़रत क्यों है?"

"इसलिए कि वो मेरे ख़यालात के बिल्कुल बर-अ'क्स है! ख़ैर कप्तान अब इस तज़्किरे को छोड़िए! मेरा जी घबरा रहा है। कोई किसी का दर्द महसूस नहीं कर सकता।"

"मेरी जान तुम बड़ी ज़ूद-रंज हो! अच्छा मैं तुमसे एक सवाल करूँगा। उसका तो जवाब दोगी ना? बोलो मेरी महबूब लड़की?"

ये कह कर उन्होंने मेरा एक हाथ उठा लिया। मैं चिढ़ गई।

"नहीं, आप बड़े ख़ैर-ख़्वाह बन कर इन बातों को न कुरेदें। मैं समझती थी आप बुरे वक़्त में मेरी

मदद करेंगे। मगर...!"

कैप्टन फ़िक्री का चेहरा गुलाबी हो गया। उन्होंने झुक कर मेरी पेशानी चूमी, कहने लगे, "मेरी बच्ची मैं तुम्हारी मदद करने को तैयार हूँ। तुम मुझे दुनिया में सबसे प्यारी हो। तुम जानती हो मैंने शादी नहीं की। तुम ये भी जानती हो दुनिया में मेरा कोई अ'ज़ीज़ ज़िंदा नहीं रहा। यही सबब है कि मेरी तमाम तवज्जोह, तमाम मुहब्बत बिला-शिरकत-ए-ग़ैर सिर्फ़ तुम्हारे लिए है। मैंने बचपन से तुमको देखा-भाला है। मैं तुमको बचपन ही से बहुत प्यार करता हूँ। अब भला ये क्यूँ-कर मुम्किन है कि मैं तुमसे पहलू-तही करूँ या तुम्हारी मदद न करूँ? मैं तुमसे एक सवाल करता हूँ, मुझे उसका जवाब दो।

उनकी इस लंबी मुहब्बत भरी तक़रीर को सुनकर मैं उनसे लिपट कर ज़ार-ओ-क़तार रोने लगी। इन अय्याम में मुझे रोना बहुत जल्द आ जाया करता था। मौसम भी बहुत गर्म था इसलिए आँसू थमते थे।

"रोती क्यों हो? इस क़दर न रो मेरी ग़रीब रूही! तुम्हारे बाल किस क़दर सुनहरे और ख़ूबसूरत हैं। तुम्हारे हाथ कैसे नर्म-ओ-नाज़ुक हैं।"

"वो... वो... क्या सवाल है?", मैंने ब-मुश्किल पूछा। वो सँभल कर कहने लगे, "हाँ रूही...मेरा सवाल ये है, आख़िर तुम किससे मुहब्बत करती हो? रूही कहो, तुम मुझे अपना हम-दर्द ख़ैर-ख़्वाह अपना बुज़ुर्ग समझती हो! कहने में क्या हर्ज है।"

मैं सर ऊपर उठाकर मुस्कुराने लगी, "तुमको मैं अपना हम-दर्द अपना ख़ैर-ख़्वाह अपना बुज़ुर्ग ख़याल नहीं करती।"

"तुम बड़ी शरीर हो।"

उनकी इस ग़ैर-मा'मूली मुहब्बत पर मुझे तअ'ज्जुब हुआ। मैंने ग़ौर से देखा। फिर उनके हाथ अपने हाथ में लिए। कहने लगी, "कप्तान साहब पहले आप मेरी मदद करें, फिर ये सब सवाल दुहराए जा सकते हैं।"

"नन्ही जान तुम बड़ी दीवानी हो, सबसे पहले मुझे मा'लूम होना चाहिए कि तुम मुहब्बत किससे करती हो?"

मैंने कोई जवाब ना दिया। मेरा दिल धड़कने लगा। मैंने यासमीन के फूलों को बिखेर दिया और टालने के लिए कहने लगी, "दरीचे से कैसी गर्म मगर ख़ुश-गवार हवा आ रही है।"

कप्तान बोले उसकी परवा न करो। उसे आने दो। तुम मेरे सवाल का जवाब दो।"

मैं फिर ख़ामोश हो गई। सिर्फ़ इतना कहा, "आज आसमान किस क़दर नीला है।"

कप्तान ने सिगरेट जला कर कहा, "आसमान नीला है तो अच्छी बात है। तुम मेरे सवाल का जवाब दो।"

"क्या दादी नीचे मुलाक़ात कर रही हैं?"

"उन्हें वहीं रहने दो। इससे तुम्हारा क्या बिगड़ जाएगा? तुम टालती हो, मैं न मानूँगा। मैं आज तुमसे ज़रूर सुनूँगा।"

"आख़िर आप को ऐसा ख़याल ही क्यों पैदा हुआ? अगर में ये कहूँ कि मैंने आज तक किसी से मुहब्बत ही नहीं की तो आप यक़ीन कर लेंगे?"

फ़िक्री मुस्कुराए, "हरगिज़ नहीं!"

उन्होंने इंकार कर दिया, "मैं कभी यक़ीन न करूँगा"

(फिर ज़रा हँसकर)

"रूही! मैं ऐसा दीवाना नहीं हूँ। तुम किसी से मुहब्बत ज़रूर करती होगी?", वो मुस्कराकर मुझे देखने लगे, "अगर मैं तुम्हारे महबूब का नाम बता

दूँ तो मुझे मुआ'फ़ कर दोगी?", कहते हुए उन्होंने अपना हाथ मेरी गर्दन पर हमायल कर दिया। मैं घबराहट महसूस करने लगी मगर बोली, "वाह इसमें मुआ'फ़ करने की क्या बात है बल्कि आपकी ज़हानत की दाद दूँगी।"

वो देर तक मुस्कुराते रहे। कभी सिगरेट को देखते, कभी कुर्सी पर दराज़ हो जाते। कभी कुछ सोचने लगते। एक दफ़ा' तो उन्होंने सोचते-सोचते आ'लम-ए-बे-ख़बरी में मुझे उठा कर बिठा दिया। मैं तंग आकर बोली, "कैप्टन आपको किस पर शुबह है?"

"क्या सच-मुच बता दूँ?"

"ज़रूर!"

"रूही मैं क्या बताऊँ मुझे शुबह है कि तुम मुझसे ही मुहब्बत करती हो!"

इलाही इलाही... ये अल्फ़ाज़ न थे। एक बिजली सी मुझ पर गिरी। मुख़्तलिफ़ जज़्बात ने मुझे वारफ़्ता बना दिया। कुछ इन्किशाफ़-ए-राज़ का रंज, कुछ शर्म, कुछ ग़ुस्सा और नाकामी का ख़याल। मैंने अपना चेहरा शाल में छिपा लिया और दिल खोल कर रोने लगी। कप्तान घबरा गए, "क्या मैंने ग़लती

की है। मैं तुमसे मुआ'फ़ी चाहता हूँ।"

इतने में ज़ुबैदा ख़ानम के क़दमों की आवाज़ आई। वो अंदर दाख़िल हुईं, "साहब! आपको बड़ी तकलीफ़ हुई। अब रूही का मिज़ाज कैसा है? आपकी मौजूदगी से वो बहुत ख़ुश रही है। जब तक वो तंदुरुस्त न हो जाए

आपके ज़ेर-ए-निगरानी रहेगी।"

"आपका शुक्रिया मादाम।", फ़िक्री उठ खड़े हुए। दोपहर बहुत गर्म और और बेहद रौशन थी। बुलबुल सुब्ह ही से गला फाड़-फाड़कर चीख़ रही थी। मैंने इस गर्म दोपहर में एक सफ़ेद रेशमी लिबास ज़ेब-ए-तन किया और निचली मंज़िल में उतर आई।

कुतुब-ख़ाने में मुझे मेरे वालिद और फ़िक्री मसरूफ़-.ए-गुफ़्तगू नज़र आए। जब मैं अंदर गई तो दोनों ने मुझे मुहब्बत से देखा। मगर फ़िक्री ने हस्ब-ए-मा'मूल बुज़ुर्गाना शफ़क़त से मेरी पेशानी नहीं चूमी। वो किस क़दर उदास नज़र आ रहे थे और वालिद ख़ामोश थे। दादी का पता न था। शायद वो चौथी मंज़िल में तस्वीर-कशी में मसरूफ़ थीं।

"आज आप दोनों को क्या हो गया?", मैंने ज़रा शर्मीली आवाज़ में पूछा।

"कुछ नहीं नूर-ए-नज़र!", मेरे वालिद ने जवाब दिया। फिर कहने लगे, "तुम्हारी तबीअ'त आज कैसी है?"

"अब तक तो अच्छी हूँ।"

"इसके मअ'नी?", मेरे वालिद ने मेरी पेशानी पर हाथ रखकर पूछा, "माथा गर्म तो नहीं है?"

"जी नहीं।"

"कैप्टन!", मेरे वालिद कहने लगे, "आपको लड़की का चेहरा बीमार तो नज़र नहीं आता?"

"जी नहीं जनाब! चेहरा तो बहुत दिल-फ़रेब और शगुफ़्ता है।"

मेरे वालिद ने मुझ पर मुतफ़क्किर नज़र डाली, "रूही तुम हमेशा बाग़ में टहला करो। ताज़ा फल खाओ। मज़ाहिया किताबें पढ़ो और दिल ख़ुश रखने की कोशिश करो।"

"जी।", ये कह कर मैंने दरवाज़ा खोला और बाग़ में उतर गई। कुतुब-ख़ाने के दरीचे के नीचे हरी-हरी दूब पर टहलने लगी। आफ़ताब मद्धम था मगर गर्मी बहुत थी। आज सुनहरी रेत हवा में उड़ रही थी जिससे साँस रुक जाता है। लेमू के फूलों की ख़ुश्बू बाग़ीचे को निहायत दिलकश बना थी।

"मैं निहायत परेशान हूँ।", मैंने अपने वालिद की आवाज़ सुनी।

"मुआ'मला ही कुछ ऐसा नाज़ुक है। वालिदा बहुत सख़्ती से रिवाज की पाबंद हैं। आख़िर रूही के क्या ख़यालात हैं? क्या आपको उनका कुछ इ'ल्म है।"

मैं बड़ी बेचैनी से कैप्टन के जवाब का इंतिज़ार करने लगी मगर बहुत देर तक मुझे मायूसी हुई। चंद मिनट के बा'द मैंने उनकी आवाज़ सुनी, "मेरा ख़याल है कि साहबज़ादी रूही को शहबाज़ से मुहब्बत नहीं है।"

ये सुनकर मेरे वालिद की आवाज़ बहुत अफ़्सुर्दा हो गई, "तो फिर वो किसे चाहती होगी? ओ बुलंद आसमान! अ'जब कश्मकश है फ़िक्री साहब! मैं आपका बहुत ममनून हूँगा अगर आप मेरी लड़की के बारे में दिलचस्पी लें और इस बाब में मेरी मदद करें, आप रूही से दरियाफ़्त करें कि वो किससे मुहब्बत करती है। आपसे वो बे-तकल्लुफ़ है। ज़रूर आपसे कह देगी।"

"मगर आप ये क्यों दरियाफ़्त करते हैं, क्या आप अपनी लड़की को ऐसे शख़्स से ब्याहेंगे जिससे

आपकी लड़की मुहब्बत करती है?", फ़िक्री ने एक अ'जब अंदाज़ से सवाल किया।

"बे-शक! बे-शक!", मेरे वालिद की आवाज़ बहुत गहरी हो चली थी, "मेरी अक्लमंदी इसी में है कि मैं रूही को उसी शख़्स के सपुर्द कर दूँ जिससे वो मुहब्बत करती है।"

"फ़र्ज़ कीजिए...", कैप्टन फ़िक्री थोड़ी देर ख़ामोश रह गए। फिर कहने लगे, "फ़र्ज़ कीजिए वो एक ऐसे शख़्स को चाहती है जिसे आप ना-पसंद फ़रमाते हैं।"

"मगर वो उन लोगों से मिलती-जुलती ही नहीं जिन्हें मैं ना-पसंद करता हूँ। इसलिए मुझे ब-ज़ाहिर ये उम्मीद नहीं कि वो ऐसे ना-पसंदीदा आदमी को चाहेगी।"

ये सुनकर फ़िक्री ने और पेचीदा सवाल किया, "मुआ'फ़ कीजिए, अगर मुआ'मला ही ऐसा हो तो आप क्या करेंगे?"

"मैं उसे नर्मी और मुहब्बत से समझाऊँगा।"

"और अगर इस पर भी वो अपनी मुहब्बत से बाज़ न आए तो क्या कीजिएगा?"

"फिर तो फ़िक्री साहब बे-चून-ओ-चरा उसकी

बात मान लेनी पड़ेगी?"

अब फ़िक्री की आवाज़ बड़ी सुरीली हो चुकी थी, "या'नी आप अपनी लड़की को इजाज़त देंगे कि वो अपने मुंतख़ब शख़्स से शादी कर ले।"

"हाँ यक़ीनन... मगर वो कौन शख़्स है?"

"तो... मुझे अ'र्ज़ करने दीजिए... मेरा ख़याल है कि जनाब ये शरफ़ बंदे को हासिल है। मैं साहब-ज़ादी रूही का ख़्वास्तगार हूँ।"

थोड़ी देर मैंने गुफ़्तगू की आवाज़ सुनी। मा'लूम होता था कि मेरे वालिद को हैरत ने बुत बना दिया है। ये ग़ैर-तवक़्क़े जुमले उनकी समझ से बाला-तर थे, "मेरे ख़ुदा... ओ बुलंद माबूद ये क्या फ़र्मा रहे हैं आप...रूही जितनी बची..."

"मगर जनाब में... मैं यक़ीनन बूढा नहीं हूँ।"

मेरे वालिद अब तक हैरान थे। उनकी आवाज़ में कपकपी थी। कहने लगे, "नहीं... आपको बूढा कौन कहेगा भला... उनतालिस या चालीस साल का मर्द बूढा नहीं कहलाया जा सकता मगर... रूही की उ'म्र का लिहाज़

करते हुए उनतालिस साल बहुत ज़ियादा हैं। प्यारे कैप्टन ज़रा ग़ौर तो करो।"

मैं ये गुफ़्तगू निहायत ग़ौर से सुन रही थी। मेरा दिल, मेरी रूह, मेरा ज़मीर उस वक़्त उनकी गुफ़्तगू का मतलब अख़ज़ करने की सर तोड़ कोशिश कर रहा था। आह वालिद क्या कहेंगे? वो अब तक मेरे मुतअ'ल्लिक़ एक उम्दा राय रखते थे। अब वो आइंदा मुझे एक बुरी लड़की समझेंगे। मेरे ख़यालात का सिलसिला टूटने भी न पाया था कि वालिद की आवाज़ आई, "अच्छा तो इससे आपका मतलब क्या है फ़िक्री साहब! आप अपनी मुहब्बत को सिर्फ़ एक रूमान की हैसियत देना चाहते हैं... या... या ...?"

"जी नहीं जनाब... मैं आपसे मुअद्दबाना साहबज़ादी रूही के दस्त-ए-मुहब्बत के लिए दरख़्वास्त करता हूँ।"

"मेरी बेटी का हाथ... तुम अपने हाथ में लेना चाहते हो?", मेरे वालिद ने कुछ इस बे-साख़्तगी और उजलत के साथ ये सवाल किया कि मैं भी अपनी जगह सहम गई।

"मेरा मतलब है...", फ़िक्री साहब ने निहायत संजीदगी से जवाब दिया फिर कहने लगे, "मुझे उम्मीद है जनाब मेरे कुल हालात से वाक़िफ़ हैं और मेरे मुतअ'ल्लिक़ राय नेक रखते हैं।"

"बे-शक बे-शक... मैं आपको बेहतरीन दोस्त समझता हूँ।"

"मैं ममनून हूँ।", फ़िक्री ने धीमी आवाज़ में कहा।

"मगर... मेरी समझ में नहीं आता अ'ज़ीज़-ए-मन तुमने आख़िर क्या सोच कर रूही जैसी लड़की से... मुहब्बत की है?"

"आह! मुहब्बत क्या सोच समझ कर होती है।", मेरे दिल ने ना'रा बुलंद किया।

मेरे वालिद ने थोड़ी देर के बा'द फिर वही सवाल किया, "आख़िर तुम दोनों ने क्या सोच कर एक दूसरे से इक़रार-ए-मुहब्बत किया?"

फ़िक्री मुतमइन लहजे में कहने लगे, "कुछ नहीं... मुझे आपकी लड़की से मुहब्बत है। मैंने बचपन से इसकी ता'लीम-ओ-तरबियत में दिलचस्पी ली। जनाब-ए-मन क्या मैं इस मुआ'मले में आप से नेक तवक़्क़ोआ'त रख

सकता हूँ ?"

"अ'ज़ीज़-ए-मन सच तो ये है कि मैं अभी कुछ नहीं कह सकता।", मेरे वालिद ने जवाब दिया।

खिड़की से मुसलसल सिगरेट का धुआँ निकल

कर बाग़ में आ रहा था। रौशन धूप चमकीले पत्तों पर फैल रही थी। हवा में एक सुरूर था। गर्म मौसम का एक परिंद सामने ज़र्द लेमूँ के दरख़्त पर बैठा एक रसीला गीत गा रहा था। मैं ऐ'न खिड़की के नीचे खड़ी थी। दफ़अ'तन मैं ने सर ऊंचा करके देखा तो मुझे अपने वालिद का चेहरा नज़र आया जो किसी क़दर उदास था। उन्होंने अपने दोनों पाँव क़ालीन पर फैला रखे थे और सोफ़े पर नीम-दराज़ थे। एक मिस्री सिगार पी रहे थे और बातें करते जाते थे, "अभी मैं इसके मुतअ'ल्लिक़ कुछ नहीं कह सकता।", उन्होंने दुबारा कहा।

"न इस उजलत की ज़रूरत है।", फ़िक्री साहब ने जवाब दिया, फिर बोले, "क्या जनाब मुझ पर ए'तिमाद फ़रमाते हैं?"

"मगर फ़िक्री साहब आप मादाम ज़ुबैदा की तबीअ'त से मुझसे कहीं ज़ियादा वाक़िफ़ हैं।"

"ये तो मुझे अच्छी तरह मा'लूम है कि अपने पोते के मुक़ाबले में किसी का नाम किसी को अच्छा नहीं लगता। ख़ानम अपने पोते पर फ़िदा हैं। मगर आप रूही के वालिद हैं। इसके ख़यालात से कमा-हक़ा वाक़िफ़यत रखते हैं, उसकी ख़िलाफ़-ए-मर्ज़ी

कुछ करना भी नहीं चाहते हैं।"

मेरे वालिद ने झुक कर राख-दान में सिगार रखते हुए कहा, "सच तो ये है कि अब शहबाज़ के अख़्लाक़ को मैं मुश्तबा नज़रों से देखने लगा हूँ। मुझे डर है कि वो रूही का क़द्र-दान शौहर साबित न होगा।"

"ये नहीं कहा जा सकता मगर इसका क्या इ'लाज है कि ख़ुद साहबज़ादी को इस रिश्ता से इंकार है।"

"यही तो ग़ज़ब है।", मेरे वालिद ने कहा, "ख़ुदा ही इस पेचीदा मुआ'मला को आसान करे।"

"ख़ुदा बड़ा कारसाज़ है।"

"और वही हमारी मुश्किलों को आसान करेगा।"

ये कह कर मेरे वालिद ने फ़िक्री को ग़ौर से देखा। शायद वो अपने आइंदा दामाद को नाक़िदाना नज़र से देख रहे थे और अंदाज़ा लगा रहे थे कि ये शख़्स उनकी लड़की का शरीक-ए-हयात बनने की सलाहियत और क़ाबिलीयत रखता भी है कि नहीं। थोड़ी देर बा'द वो ख़ुद ही कहने लगे, "कोई शक नहीं दोस्त, तुम एक दिल-पसंद, ख़ुश-रौ नौजवान हो और तुम यक़ीनन मेरी लड़की को ख़ुश रख सकोगे।"

इन वाक़िआ'त के बा'द घर का अ'जब मंज़र था। मेरी दादी सख़्त ग़ज़बनाक हो रही थीं। कप्तान फ़िक्री अब घर में शाज़ ही नज़र आते थे। मेरे वालिद निहायत परेशान और उदास नज़र आ रहे थे। शहबाज़ हस्ब-ए-मा'मूल अपनी ज़िंदगी के मज़े लूठ रहा था। मैं ज़िंदा-

दर-गोर थी। ये सब कुछ एक तरफ़, मैं आज तक पहचान न सकी कि मेरा आ'शिक़ किस मिज़ाज का आदमी था। मैं उसको बचपन से देखती आई थी मगर अब मेरी समझ एक मुअ'म्मा बन कर रह गई थी। मैं कुछ समझ न सकती थी कि वो मुझसे मुहब्बत कर रहा है या नफ़रत।

एक दिन वो सुब्ह नाशते के बा'द बाग़ के एक कोच पर बैठे रोज़ाना अख़बार देख रहे थे। गुज़िश्ता दिन से मुझे सख़्त बुख़ार था। मेरी हब्शी ख़ादिमा ज़ूनाश इत्तिफ़ाक़िया ऐ'न उसी जगह बाग़ में टहलाने ले आई जहाँ वो

बैठे थे। आज कई दिन बा'द हमने एक दूसरे को देखा था मगर ये मुलाक़ात कुछ इस क़दर दिल-रेश साबित हुई जिसका असर मेरी सेहत पर बहुत बुरा पड़ा। पहले तो चंद मिनट उन्होंने अंजान बन कर

अख़बार पढ़ा

फिर उठकर जाने लगे। मुझसे रहा न गया। मैंने ग़मगीं लहजे में आवाज़ दी, "फ़िक्री... क्या मेरी मिज़ाज-पुर्सी भी न करोगे?"

ये सुनकर वो महज़ अख़लाक़न मुड़ गए। धीमे लहजे में बोले, "मुआ'फ़ करना... कैसी तबीअ'त है?"

ज़ूनाश कहने लगी, "जनाब गुज़िश्ता शब ये बेचैन रहीं, बीबी की सेहत अच्छी नहीं। बेहतर है कि ये समंदरी सफ़र पर चली जाएँ।"

मगर फ़िक्री ने कोई जवाब न दिया। वो हरी-हरी दूब को देख रहे थे। सुब्ह की ख़ुश-गवार हवा मेरी फ़ीरोज़ी चादर को हिला रही थी और मेरे तनफ़्फ़ुस में एक अलमनाक तबदीली महसूस हो रही थी। बहुत देर बा'द कैप्टन फ़िक्री कहने लगे, "ब-तदरीज तबीअ'त दुरुस्त हो जाएगी।"

"आप आप... मुझसे रंजीदा या नाराज़ तो नहीं हैं?", रुकते-रुकते मैंने नातवाँ आवाज़ में पूछा।

"कोई वज्ह नहीं... देखो ज़ूनाज़िश! आफ़ताब बहुत तेज़ी से चमकने लगा है, साहबज़ादी को महल में ले चलो... ख़ुदा-हाफ़िज़... मुझे काम है।"

ये कह कर वो जल्द-जल्द महल की तरफ़ चले गए। इस नागवार गुफ़्तगू का मुझ पर वही असर हुआ जो एक नाज़ुक लड़की पर होना चाहिए। अगर फ़िक्री की बजाए कोई दूसरा शख़्स मुझसे ऐसा रूखा फीका और

मेरे ख़िलाफ़-ए-शान सुलूक करता तो उ'म्र-भर उसकी सूरत न देखती, पर न जाने वो कौन सा जुनून मुसल्लत था... फ़िक्री से मुझे इस दर्जा मुहब्बत थी जिसका इज़हार ना-मुम्किन है। आज कई दिन से उनका ये तर्ज़

सुलूक सुहान-ए-रूह हो रहा था। उन्होंने यक-लख़्त मुझसे बातचीत कम कर दी थी, अशद ज़रूरत पर कुछ बोलते, गोया मुझसे पहलू-तही कर रहे थे। मुझसे बचना चाहते थे। मैं अ'जब उलझन में मुब्तला हो गई थी। अपनी तौहीन महसूस कर रही थी। ग़ुस्सा के घूँट पी-पी कर रह जाया करती थी मगर इसका क्या इ'लाज कि उनकी फ़ितरत बदलती न थी।

मैं अपनी उ'म्र में पहली मर्तबा इस सब्र-ओ-ज़ब्त से काम ले रही थी। वाक़ई' जो शख़्स किसी को चाहता है वो चाहा नहीं जाता। एक दफ़ा' तो उन्होंने

मुझसे इस क़दर रूखा सुलूक किया कि मेरा दिल टूटते टूटते बच गया। कई मर्तबा जी में आया कि फ़िक्री को चाहना यक-लख़्त छोड़ दूँ। मैंने बारहा इस बात की कोशिश भी की कि शहबाज़ से मुहब्बत करने लगूँ ताकि फ़िक्री अपनी सज़ा को पहुँचें मगर इसका क्या इ'लाज कि फ़िक्री का वजीह और ख़ूबसूरत चेहरा उनके दिल-फ़रेब और बहादुराना अंदाज़-ओ-अदा कुछ इस तरह मेरे दिल पर नक़्श हो गई थी कि उनका महव होना कार-ए-दारद वाला मुआ'मला मा'लूम होता था। डेढ़ हफ़्ते के बा'द ये हालत हो गई थी कि अब हममें किसी तरह की कोई गुफ़्तगू न होती थी। अगर कभी होती तो ऐसी कि उसका न होना बेहतर होता। ख़ुश्क और ग़ैर-दिलचस्प।

इन तमाम वाक़िआ'त के कई दिन बा'द एक गर्म दोपहर मेरी तबीअ'त किसी क़दर अच्छी थी। मैं मकानात में बहुत ही वहशत महसूस करती थी क्योंकि अब वो पहली सी चहल-पहल बाक़ी नहीं रही थी। दादी-जान अब अपने कमरों से बाहर नहीं निकलती थीं। वालिद निहायत ग़मगीं थे। इसलिए वो दिन-दिन भर अपने कुतुब-ख़ाने में बैठे रहते थे।

शहबाज़ का पता न था। वो बाहर फिरा करता और फ़िक्री भी यही करते थे।

मैं अपनी तन्हाई पर आँसू बहाती हुई इस ख़ूबसूरत दोपहर बाग़ की नहर पर चली गई। मछलियाँ चमकीले अब्र को देखने कभी-कभी ऊपर आ जाया करती थीं। इत्तिफ़ाक़ कि बात कि थोड़ी ही देर में शहबाज़ और

फ़िक्री मछली के शिकार के लिए इसी नहर पर आ गए। उन्हें देखकर मैं इ'श्क़-ए-पेचाँ की बेलों में संगमरमर के एक कोच पर बैठ गई। ख़ुदा जाने अपनी उदास मुहब्बत को याद कर कर के मैं कब तक रोती रही।

जब नज़र उठा कर देखा तो सुर्ख़ आफ़ताब बा'दलों के हल्के पर्दों में से झाँक रहा था। टहनियों पर सुनहरी किरनें रक़्साँ थीं और दोपहर की गर्म मगर सुरीली हवाएँ पुराने पेड़ों से टकरा रही थीं... आह!

थोड़ी देर में मैंने देखा कि कैप्टन फ़िक्री और शहबाज़ मेरे क़रीब से गुज़र रहे हैं। शहबाज़ तो अंदर चला गया मगर कप्तान ठहर गए। गोया चौंक पड़े।

"तुम ऐसे गर्म मौसम में बाहर बैठी हो?", वो

किसी क़दर दर्द से पूछने लगे।

मैं जल गई, "आप फ़िक्र न करें। अंदर तशरीफ़ ले जाईए, वर्ना गर्म हवा...", मैं कुछ ज़ियादा न कह सकी। आवाज़ गुलू-गीर हो गई। वो वहीं खड़े मुझे ब-ग़ौर देख रहे थे।

"नहीं, मेरे लिए ये हवा ऐसी मुज़िर नहीं मगर तुम नातवाँ हो।"

मगर मेरा जी और जल गया। कहने लगी, "इतनी फ़िक्र न कीजिए, मेरा जी यहाँ बैठने को चाहता है और मैं ज़रूर बैठूँगी!"

ये सुनकर कैप्टन फ़िक्री मुस्कुराए और क़रीब आ गए, "रूही तुम भी कैसी अ'जीब-ओ-ग़रीब लड़की हो। मैंने तो महज़ ख़ैर-ख़्वाही से कहा था कि यहाँ न बैठो। बात ये है कि हम सब तुम्हारी सेहत के लिए दुआ'एँ मांग

रहे हैं कि जल्द से जल्द तुम तंदुरुस्त हो जाओ।"

"मेहरबानी आप लोगों की।"

"मगर तुम ये भी जानती हो कि क्यों...? इसलिए कि तुम्हारी शादी अ'न-क़रीब होने वाली है। दुल्हन को बीमार नहीं होना चाहिए। देखो तुम्हारे

होने वाले शौहर किस क़दर ख़ुश-मिज़ाज इंसान हैं।"

आह ज़ब्त... आख़िर कब तक...? इस गुफ़्तगू को मैं क्योंकर बर्दाश्त कर सकती थी। आख़िर मैं नाज़ुक-मिज़ाज लड़की थी... इन तबाह-कुन अंगारों पर कब तक लोटती...? आँसू बे-इख़्तियार निकल रहे थे। वो मुसलसल रुख़्सार पर बह रहे थे। और दोपहर की तेज़ किरनें उनको चमका रही थीं मगर फ़िक्री अंजान बने दूसरी तरफ़ देख रहे थे। थोड़ी देर बा'द यकायक घबरा कर कहने लगे, "ऐं... रोने की क्या बात हुई? मैं तुमसे बात करते हुए इसलिए डरता हूँ कि तुम बहुत जल्द रो पड़ती हो।"

"मैं बहुत जल्द रो पड़ती हूँ... हाँ मुझमें ज़ब्त बहुत कम है।", इसके बा'द मेरी तो हिचकी बंध गई। मैं कोच से उठ खड़ी हुई, "अब मुझे जाने दीजिए।"

फ़िक्री भी फ़ौरन उठकर खड़े हो गए। मेरे दोनों हाथ पकड़ कर बोले, "नहीं ख़ुदा के लिए थोड़ी देर बैठ जाओ।" (बिठा कर) "मेरी रूही!" मगर वो ख़ामोश हो गए।

वो इन दिनों मेरे लिए एक मुअ'म्मा हो कर रह गए। इलाही वो मुझसे मुहब्बत कर रहे हैं या

नफ़रत। वो सँभल कर कहने लगे, "रूही मैं तुमको ब-हैसियत एक दोस्त के एक नसीहत... नहीं नहीं... मुहब्बत-आमेज़ राय देना चाहता हूँ।"

"मुझे किसी राय की ज़रूरत नहीं।"

"मुझे ये अ'र्ज़ करना है कि शहबाज़ के चाल चलन पर झूटे इल्ज़ाम लगाए गए हैं।"

मगर मैं आगे सुन न सकी।

"मुझे धोका दिया जाता है।"

मैं कहने लगी, "फ़िक्री मुझे छोड़ दो... लो मेरा हाथ छोड़ो... तुम मुझसे दुश्मनी करते हो।"

"मैं तुमको यक़ीन दिलाना चाहता हूँ कि शहबाज़... शहबाज़..." मगर मैंने उन्हें रोक दिया।

"ख़ुदा के लिए मेरे सामने उसका नाम न लो... मैंने आपकी क्या ख़ता की है।"

"रूही वाक़िआ'त पर ग़ौर करो, देखो तुम एक मुहज़्ज़ब ख़ानदान की तरबियत-याफ़्ता लड़की हो। तुमको ये नहीं सिखाया गया है कि अपने बुज़ुर्गों की दिल-शिकनी करो। अपने ख़ैर-ख़्वाहों की बात मान जाओ, रूही, अपनी दादी को ख़ुश करो। अपने वालिद की मौजूदा परेशानियों को दूर करो।"

"और आप क्या करेंगे? क्या आप बैठे तमाशा

देखा करेंगे", मैंने जल कर कहा, "तुम्हारे सीने में दिल है फ़िक्री? सच तो ये है कि इधर चंद दिनों से तुम्हारा तर्ज़-ए-सुलूक मेरे लिए एक मुअ'म्मा बन कर रह गया है। क्या तुम मेरे ख़यालात से वाक़िफ़ नहीं हो? फ़िक्री क्या तुम नहीं जानते कि मुझे शहबाज़ से कभी मुहब्बत नहीं थी...? क्या वो दिन भूल गए जब कि मेरी मदद करने का वा'दा कर रहे थे। तुमको इसका भी ब-ख़ूबी इ'ल्म है कि मैं क्यों उनसे नफ़रत करती हूँ।"

"नहीं...", वो संजीदा लहजे में कहने लगे, "मुझे इसका क़तई इ'ल्म नहीं कि तुम्हारी नफ़रत की वज्ह क्या है..."

(फिर थोड़ी देर बा'द)

"देखो रूही तिफ़्लाना ज़िद छोड़ो, मैं तुमको ब-हैसियत दोस्त के समझा रहा हूँ। तुमको चाहिए कि बे-चून-ओ-चरा साहबज़ादे शहबाज़ को क़ुबूल करो, उनको तुमसे सच्ची मुहब्बत है!"

"कैप्टन...!", इ'श्क़-ए-पेचाँ की बेलों के पीछे से आवाज़ आई, "साढ़े बारह बज गए, बाहर न चलोगे?" हम दोनों ने मुड़ के देखा तो शहबाज़ एक मुकल्लिफ़ लिबास में खड़ा मुस्कुरा रहा था। फ़िक्री

चौंक कर बोले, "साढ़े बारह आज हम दोनों को एक दा'वत में शरीक होना है रूही!"

"तुम किससे बातें कर रहे हो?", शहबाज़ ने पूछा।

"मैं... आपकी दुल्हन..."

फ़िक्री कुछ अ'जब बद-हवासी के आ'लम में अपनी छोटी सी कुतिया पर झुक गए औ उसे प्यार करने लगे।

ज़ुबैदा दादी चराग़ के आगे एक सुल्ताना की तरह खड़ी थीं, "देखो पुनी सेहत का ख़याल रखो। आज के दिन से तुमको मुकम्मल दुल्हन बनना है। रूही ये मेरा फ़र्ज़ है कि तुमको नसीहत करूँ। ज़िंदगी के नशेब-ओ-फ़राज़ से आगाह करूँ। वाहियात ख़यालात को भुला डालो। एक अच्छी लड़की बन जाओ। मुझे बहुत से काम करने और करवाने हैं। ग्यारह बज गए, तुम सो रहो, मैं जाती हूँ।"

ये कह कर उन्होंने झुक कर मेरी पेशानी चूमी और कमरे से बाहर चली गईं। जब वो बाहर जाने लगीं तो मैंने उनके हल्के सब्ज़ रेशम के लिबास को और ऊंचे क़द को देखा। वो उस वक़्त मुझे मलिका-ए-मौत मा'लूम होती थीं। मैं अपनी ज़िंदगी की उस

रात को कभी न भूलूँगी। सच तो ये है कि ये शब मेरी आइंदा ज़िंदगी के कारनामों का संग-ए-बुनियाद है।

वो अगस्त की एक ख़ुश्क और वहशत-नाक रात थी। आसमान तारीक पड़ा था क्योंकि चाँद अभी तुलूअ' नहीं हुआ था। दरीचे के पास गर्म मौसम के भँवरे राग गा रहे थे। कहकशाँ यूँ दमक रही थी जैसे काले आसमान

पर आग लग रही हो। मेरा दिल बैठा जाता था। क्या मेरी ज़िंदगी मेरे देखते ही देखते बर्बाद कर दी जाएगी? क्या ज़िंदगी का मसअला इस क़दर आसान है कि उसे एक ही रात में सुलझा दिया जाए। उफ़-उफ़ मेरा दिल

भुनने लगा। मेरा साँस फूल गया। बे-रौनक़ ज़िंदगी बे-लुत्फ़ ज़िंदगी मेरा जी यही चाहता था कि उसकी तारीकी में किसी दीवाने की चीख़ की तरह, जो हवाओं में गूंज कर गुम हो जाती है, ग़ाइब हो जाऊँ।

शब के साढ़े ग्यार बज चुके थे मगर मुझे नींद न आई थी। मैं ने बाग़ की तरफ़ का दरवाज़ा खोला और आहिस्ता-आहिस्ता बाग़ में निकल आई। मेरे

वालिद की आवाज़ आई, "रात बहुत गर्म है या अंदर जाने को दिल नहीं

चाहता। (आह-ए-सर्द) मैं साहिल-ए-समंदर पर चहल-क़दमी के लिए निकल गया था सिगरेट लीजिए।"

"शुक्रिया!", मग़मूम लहजे में कैप्टन फ़िक्री ने जवाब दिया। उनकी आवाज़ सुनकर मेरे दिल पर एक चोट लगी। आह... वो पुरानी और प्यारी आवाज़... मेरे वालिद और कैप्टन फ़िक्री कुछ इस क़दर धीमे लहजे में गुफ़्तगू कर रहे थे कि मैं ब-मुश्किल उनकी गुफ़्तगू सुन सकती थी। मैंने हिम्मत करके अनार के दरख़्तों में से उन लोगों की तरफ़ निगाह की। आह फ़िक्री का चेहरा ग़ुरूब होने वाले चाँद की तरह मग़मूम-ओ-उदास था। गर्मी बहुत थी। इसलिए उन्होंने कोट उतार कर कोच पर रख लिया था।

दफ़अ'तन मेरे वालिद की आवाज़ आई, "मुझे निहायत अफ़सोस है, मेरा दिल दुखता है, यक़ीन जानिए मैं आपको कभी नहीं भूल सकता। ख़ुदा आपको नवाज़े। अफ़सोस है कि मैंने आपकी कोई ख़िदमत न की। मैं आपको क्या मुआ'वज़ा दे सकता

हूँ। मेरे अ'ज़ीज़ दोस्त मेरी दुआ'एँ तुम्हारे साथ हैं। तुम जहाँ कहीं रहो... ख़ुश रहो... और मुझे न भूलो। ये अचानक जुदाई वाक़ई' बड़ी बुरी चीज़ है।"

मैं कोच पर बैठ गई और उनकी गुफ़्तगू पर ग़ौर करने लगी। इलाही इस मुअ'म्मे को मैं क्यूँ-कर हल कर सकूँगी। क्या फ़िक्री कहीं जा रहे हैं? आख़िर क्यों? मेरे वालिद महल में चले गए। ये देखकर मैं भी अपनी जगह से उठी। जिस वक़्त मैं दबे-पाँव फ़िक्री के कोच के पास से गुज़र रही थी, उन्होंने दफ़अ'तन सर उठा कर मेरी तरफ़ देखा और फिर एक दम से उठ खड़े हुए।

"अब कैसी तबीअ'त है रूही? इधर तो आओ... एक दफ़ा' तुम्हें जी भर कर देख लूँ।"

इस गुफ़्तगू का मुझ पर अ'जब असर हुआ। मुख़्तलिफ़ जज़्बात ने मुझे जवाब देने से क़ासिर रखा।

"क्या तुम मुझसे ख़फ़ा हो?", वो मुझे लेने को ज़ीने तक आ गए।

"अंदर जा कर क्या करोगी रूही! आओ यहाँ थोड़ी देर बैठें।"

"नहीं...", मैंने सिसकियाँ लेते हुए कहा।

"क्यों नहीं...", फ़िक्री ने मेरा एक हाथ अपने हाथ में ले लिया फिर बोले, "ये रात फिर कभी वापिस न आएगी।"

"मगर रात हो गई है...", मैंने आँसू पोछते हुए कहा।

"कोई हर्ज नहीं... मैं तो तुम्हारे साथ हूँ। उन्होंने मुझे कोच पर बिठाते हुए कहा, ऐसी अफ़सानवी रातें ज़िंदगी में शाज़ ही आती हैं। देखो, ज़र्द चाँद तुलूअ' हो रहा है।"

वो मेरे क़रीब बैठ गए। सामने अगस्त का ज़र्द चाँद तुलूअ' हो रहा था। हवाएँ गर्म मगर सुरीली थीं। रात निहायत उदास थी। फ़िक्री के ये दर्दनाक जुमले कि ये रात कभी वापिस न आएगी, मेरे कान में गूंज रहे थे। आह किस क़दर मोअस्सिर जुमला है। मैं मुद्दत-उल-उ'म्र इसको याद रखूँगी। थोड़ी देर बा'द वो मुझ पर झुक गए। बोले, "अ'ज़ीज़-अज़-जान तुम मुझसे नाराज़ हो? तुमको क्या मेरे मौजूदा तर्ज़-ए-अ'मल से रंज पहुँचा है?"

"ज़रूर पहुँचा है, न पहुँचना क्या मअ'नी?", मैं सिसकियाँ लेकर रोने लगी, फिर बोली, "आह... आख़िर तुमको क्या हो गया था?"

"क्या हो गया था... मेरी प्यारी मैं क्या कहूँ, क्या हो गया था। आह तुम्हारे दिल को मेरे ख़ुश्क और बे-लुत्फ़ सुकूत ने छलनी कर दिया होगा। आह मैं गुनहगार हूँ।"

मैं मुतअ'ज्जिब रह गई।

"तुमको क्या हो गया है? आख़िर तुमको मैं क्या समझूँ?"

"मुझे क्या समझो? हाय मैं इसका क्या जवाब दूँ? एक बद-नसीब, नाकाम-ए-तमन्ना और क़रीब-उल-मर्ग आ'शिक़। रूही तुम्हें क्या ख़बर कि मैंने पिछले चंद हफ़्ते किस कर्ब और बेचैनी में गुज़ारे... फिर जब मैंने हर तरफ़ मायूसी और नाकामी देख ली और अपनी हर कोशिश को नाकाम होते देख लिया तो यही मुनासिब जाना कि तुमसे किनारा-कशी कर लूँ। मैं इसी की मश्क़ करता रहा। मैंने... आह... मैंने इसकी भी कोशिश की कि तुम्हें... हाय तुम्हें शहबाज़ से मुहब्बत हो जाए ताकि तुम्हारी ज़िंदगी ख़ुशी और शादमानी से गुज़रे। मगर न तुम कामयाब हुईं न मैं। हम दोनों की मुहब्बत में किसी आ'रिज़ी और मस्नूई रुकावट ने ख़लल नहीं आने दिया। मगर रूही ये सब फ़ुज़ूल है। देखो आज मैंने

अपने दामन-ए-सब्र-ओ-शकेबाई को चाक कर दिया। मगर इससे भी किया हासिल। अब हमको हमेशा के लिए एक दूसरे से बिछड़ना है। यक़ीन करो, मैं तुमसे जुदा हो कर कभी ज़िंदा नहीं रहूँगा!"

मैं सिसकियाँ लेकर रोने लगी। वो सिर्फ़ आँसू थे जो मचल-मचल कर निकल रहे थे। चारों तरफ़ ख़ामोशी फैली हुई थी। चाँद अब आहिस्ता-आहिस्ता ऊपर आ गया था और उसकी ज़र्द-ज़र्द रौशनी लंबी लंबी हरी घास पर पड़ रही थी। बाग़ के आख़िरी हिस्से में अगस्त में गाने वाली मग़मूम बुलबुल दर्दनाक राग गा रही थी। आह शायद उसकी ज़िंदगी भी मेरी ज़िंदगी से मिलती-जुलती थी।

"तुम इस क़दर ख़ामोश क्यों हो? ये रात फिर कभी न आएगी। कहो, मुझसे जो कुछ कहना चाहती हो...", फ़िक्री के इन जुमलों ने मेरी रूह को तड़पा दिया।

"आह...", मैंने नातवाँ लहजे में कहा, "क्या ये रात फिर वापिस ना आएगी?"

"नहीं, मेरी रूही फिर कभी नहीं..."

"क्यों नहीं फ़िक्री..."

फ़िक्री ने ब-ग़ौर मेरे चेहरे को देखते हुए कहा,

"इसलिए कि क़िस्मत तुझे और मुझे जुदा कर देगी!"

"आह फ़िक्री!", मैंने मचल कर कहा, "मैं तुम्हें कभी न छोड़ूँगी। तुम बहुत प्यारे हो।"

फ़िक्री के चेहरे पर एक उदास मुहब्बत भरी मुस्कुराहट खेलने लगी, "जान-ए-मन तुम्हारा लहजा किस क़दर तिफ़्लाना है! तुम मुझे कभी न छोड़ोगी? नन्ही रूही तुमको मुझे छोड़ना होगा!"

"क्यों छोड़ना पड़ेगा? तुम्हें कभी न छोड़ूँगी। तुम कहाँ चले जाओगे?"

ये सुनकर फ़िक्री का चेहरा ज़र्द हो गया। वो दफ़अ'तन बोल उठे, "तुम्हें मुझ बदक़िस्मत से इस दर्जा मुहब्बत है... इस दर्जा... आह... मैं क्या करूँ! मेरे पास क्या तदबीर है! मैं तुम्हारे वालिद, तुम्हारी दादी के ख़यालात को किस तरह बदल दूँ! रूही तुम्हीं बताओ मैं क्या करूँ?"

मैं कहने लगी, "फ़िक्री तुम चले जाओगे? तुम मज़े में बक़ीया ज़िंदगी एक सय्याह की हैसियत से गुज़ार दोगे। पर आह तुम्हें क्या ख़बर कि मुझ पर किया अलम टूटेंगे फ़िक्री! मैं बा-जब्र शहबाज़ की बीवी बनाई जाऊँगी! शहबाज़ जो शोला का आ'शिक़

है, जो नहीं जानता कि ख़वातीन से किस क़िस्म का सुलूक करना चाहिए। फ़िक्री यक़ीन करो, कुछ दिनों बा'द वो शोला को अपनी बीवी बनाएगा। उस वक़्त वालिद कुछ न कर सकेंगे। न दादी मेरे सोग में शरीक होंगी। फ़िक्री क्या तुम ऐसे ही बे-वफ़ा हो?"

फ़िक्री कुछ इस क़दर मुसतग़रक़ थे कि उनको दुनिया-ओ-माफ़ीहा की ख़बर न थी।

"तुम क्या सोच रहे हो।", दफ़अ'तन मैंने पूछा। दफ़अ'तन उन्होंने मेरा दायाँ हाथ अपने हाथ में ले लिया और कहने लगे, "आह परसों इस छोटी सी सफ़ेद उंगली में अ'क़द की अंगुश्तरी होगी।"

"कभी नहीं...", मैंने जवाब दिया, "कभी नहीं।"

"ये तो ना-मुम्किन है, रूही अब तुम इंकार नहीं कर सकोगी।"

"मगर वाक़िआ'त इंकार कर देंगे।"

"देखो रूही ऐसी बातें न करो। मैं भी कैसा बे-वक़ूफ़ हो गया हूँ। मेरे लिए ये मुनासिब नहीं कि तुम्हें रंजीदा करूँ। आह रूही आओ अब हम एक दूसरे को सच्चे दोस्तों की तरह अलविदा कहीं। मैं कल चला जाऊँगा। क्योंकि परसों मेरा यहाँ रहना किसी तरह मुनासिब नहीं। आओ मुझे अलविदा

कहो...", वो उठ खड़े हुए।

"मगर नहीं रूही मेरा इरादा मुस्तक़िल है। मुझसे तुमको और तुम्हें मुझसे जुदा होना ही है। मुझे ख़बर नहीं कि फिर हमारी मुलाक़ात किस दुनिया में होगी। ख़ुदा-हाफ़िज़!"

(2) बात फूलों की

जिलानी बानो

दियासलाई जब चराग़ रौशन कर देती है तो उसे फेंक देते हैं।

फूल महल की गद्दी पर बैठे सौगंधी लाल मुझे अपने तजुर्बे की बातें सिखाते रहते हैं।

अपनी बातों में फूलों के हारों में इतने चुटकुले-लतीफ़े टांकते जाओ कि साला गाहक उसमें उलझता ही चला जाये। और फिर हार के मुँह मांगे दाम वसूल कर लो। वो बड़ी ज़ोर से हंसते इस उम्मीद के साथ कि मैं भी उनका साथ दूंगा। मगर उनकी बातों में उलझ कर सूई मेरी उंगली में चुभ जाती थी।

सौगंधी लाल अपनी गद्दी पर बैठे दिन भर नोट गिन गिन कर रसीदें काटते रहते हैं। हर गाहक से ऐसे बात करते हैं जैसे जन्म जन्म का नाता हो। दिन भर ग्राहकों का हुजूम, नई नई फ़रमाइशें और सौगंधी लाल की डाँटें, राजू... राजी.. अबे राजू...

फूल महल के साइनबोर्ड को हमने रंग बिरंगे क़ुमक़ुमों से ऐसा सजाया है कि दूर से गाहक देखकर

खिंचा चला आए। तरह तरह के बुके, झिलमिलाते हार...

फूलों के साथ लिपटे हुए कांटों से मेरे हाथ लहूलुहान हो जाते हैं। मगर मुझे ये काम अच्छा लगता है। भाग दौड़ कुछ नहीं, आराम से बैठे फूलों के हार गूँधे जाओ और सौगंधी लाल के साथ साथ हँसना सीख लो। वर्ना वो ख़फ़ा हो जाते हैं।

जब मैंने फूलों के हारों में पन्नी के चांद सितारे और पोदीने के पत्ते गून्धना शुरू किए तो सारे शहर के लोग हमारी दूकान पर आने लगे। फिर सेठ जी ने मेरी तनख़्वाह दो सौ रुपये से बढ़ा कर तीन सौ रुपये कर दी कि कोई दूसरा फूल बेचने वाला मुझे बहका कर न ले जाये।

आज तो हमारी दूकान पर फूल ख़रीदने वालों का हुजूम बढ़ता ही जा रहा था जैसे शहर के हर आदमी को आज फूलों की ज़रूरत पड़ गई थी।

सौगंधी महाराज! नमस्कार! एक शानदार फूलों का हार चाहिए हमें। दस दस रुपय के नोट भी पिरोना उसमें और गुलाब के फूल भी!

अभी लो जी शर्मा साहिब...अरे राजू बया! झटपट साहिब का आर्डर लो और उनका काम तमाम करो!

ऐसा लगता है मक्खन लाल जी इलेक्शन जीत गए हैं। जब ही आप रूपयों के हार बनवा रहे हैं आज? सौगंधी लाल मुँह खोल कर हँसने लगे।

हम जो उनके साथ थे सौगंधी लाला। कैसे न जीत जाते मक्खन लाल जी। दो हज़ार आदमी को माधवपूर से लारियों में भर के ले गए थे। सबसे वोट डलवा दिए।

सौगंधी लाल के साथ शर्मा जी भी ज़ोर से हंस पड़े।

मगर एक लड़का कह रहा था पुलिस ने फायरिंग कर दी माधवपूर में बहुत लोग मारे गए। मैंने एक बड़ा सा गुलाब हार के बीच में टांकते हुए पूछा।

इलेक्शन में तो ये सब चलता ही रहता है जी। दूसरी पार्टी वाले पुलिस को ले आए। फायरिंग हो गई मगर जीत तो हमारी हुई ना। शर्माजी जीत के नशे में थिरक रहे थे। एक नौजवान लड़का आटो रिक्शा से उतरा और दौड़ता हुआ दूकान की तरफ़ आया।

ज़रा सुनिए सेठ साहिब...! आपके हाँ इतने फूल मिल जाऐंगे... चालीस अर्थियों पर डालना हैं।

चालीस अर्थीयां! सूई अब की बार मेरे दिल की

तरफ़ चुभ गई। शर्माजी उस नौजवान को देखकर घबरा गए। पीछे को हटे। फिर हिम्मत कर के बोले,हेलो जान... हाव आर यू? उन्होंने हाथ आगे बढ़ाया।

फाईन... नौजवान ने शर्माजी का हाथ झटक दिया।

इतनी अर्थीयां? एक साथ...? कहाँ से आरहे हो नौजवान? सौगंधी लाल ने घबरा कर पूछा।

माधवपूर से। इलेक्शन में सालों का बस न चला तो सारे गांव से बहला-फुसला कर नौजवानों को ले गए बोगस वोटिंग के लिए। पुलिस ने गोली चला दी।

अब तुम माधवपूर से आए हो फूल लेने? एक गाहक ने बड़े दुख के साथ पूछा।

क्या करें! हमारे सारे गांव के सारे फूल तो लोग ले गए हैं, मक्खन लाल जी को पहनाने के लिए।

तो क्या उन अर्थियों का जलूस शहर में निकाला जाएगा? शर्माजी ने जान से पूछा।

जी हाँ। हम सारे शहर में जलूस ले जाऐंगे। मक्खन लाल के ख़िलाफ़ नारे लगवाएँगे। माधवपूर में दुबारा इलेक्शन होगा।

अच्छा तो सौगंधी लाल! एक फूलों का शानदार घेरा और बना दो। मक्खन लाल जी भी उन शहीदों को श्रद्धांजलि देने ज़रूर जाऐंगे। शर्माजी ने पर्स से और नोट निकाल कर गिनते हुए कहा।

अभी लो जी। अभी लो। अरे राजी बैठे। शर्माजी का आर्डर ले फटाफट और उनका काम तमाम कर।

आज मैंने आधे दिन की छुट्टी लेकर अपने एक दोस्त के साथ पिक्चर देखने का प्रोग्राम बनाया था। मगर आज हमारी दूकान पर आने वाले ग्राहकों का हुजूम बढ़ता ही जा रहा था।

ज़रा आप इधर हटिये... आप उधर जाईए... एक नौजवान स्कूटर रोक कर सबको हटाता हुआ आगे बढ़ा। किसी तेज़ महक वाले परफ़्यूम में डूबा हुआ।

बालों में सजाने के लिए एक बहुत ख़ूबसूरत सा गजरा चाहिए। मगर फूल ताज़ा हों। ख़ुशबू वाले।

अभी अभी लीजिए बाबू साहिब। सौगंधी लाल ने बड़े ग़ौर से बाबू साहिब को देखा।

राजू बेटा! ऐसी फूलों की बेनी बना कर लाओ बाबू साहिब के लिए कि उनका काम तमाम हो जाये।

बाबू साहिब! भरोसा रखिए। हमारी दूकान पर हर

चीज़ अच्छी मिलेगी। आपको ऐसा गजरा बना कर दूंगा कि आपकी मिसेज़ ख़ुश हो जाएँगी।

अच्छा तो फिर दो गजरे बना दो। उन साहिब ने कुछ शर्मिंदगी के साथ कहा।

सौगंधी लाल! ज़रा जल्दी करो। चार बजे तक जलूस निकालना है। जान ने इधर उधर देखकर पूछा, मगर तुम्हारी दूकान में तो इतने फूल नज़र नहीं आ रहे हैं कि चालीस अर्थीयां सजाई जाएं।

सब्र करो नौजवान! सौगंधी लाल ने धीरज से कहा।

अभी पुजारी जी दो-चार टोकरे फूल हमें भेज देंगे।

पुजारी जी? क्या मंदिर में फूल बिकते हैं? जान ने ताज्जुब से पूछा।

सुब्ह-सवेरे जो लोग पूजा के लिए फूल लाते हैं ना। पुजारी जी शाम को वो फिर यहीं भेज देते हैं।

ला हौला व ला क़ुव: एक मौलवी-साहब ने ग़ुस्से में कहा।

मंदिर के पूजा के फूल दूकान पर रखते हो?

अरे रखते कहाँ हैं मौलाना। आज बिरयानी शाह का उर्स था। सारे फूल वहीं ले गए लोग।

इस दूकान को बंद करवा देना चाहिए। वर्ना हिंदू-मुस्लिम फ़साद शुरू हो जाएगा। मौलाना दूकान पर खड़े हाज़िरीन की तरफ़ मुड़ गए।

ये मौलवी साहब सठिया गए हैं। जब आते हैं अल्लाह और भगवान का बखेड़ा ले बैठे हैं। सौगंधी लाल ने मुस्कुरा के कहा।

तुम बेईमान हो। लोगों का धरम-ईमान ख़राब करते हो। मौलवी साहब चिल्लाने लगे।

चीख़ो मत मौलवी साहब। इलेक्शन का जलसा नहीं हो रहा है यहां। हम चीज़ देक़र दाम लेते हैं। लोगों को आग का धुआँ और ख़ाक आफ़त की पुड़ीया देकर उल्लू नहीं बनाते। सौगंधी लाल ग़ुस्से में आजाएं तो फिर सुलगते ही जाते हैं।

हटिए रास्ता छोड़ीए मैडम जी के लिए। आईए मैडम जी! आदाब अर्ज़! कैसे क्या हुक्म है? एक दुबली पतली बेहद फुर्तीली सी ख़ातून एक छोटी सी बच्ची का हाथ पकड़े आगे बढ़ीं।

एक बहुत अच्छा सा बुके बना दीजिए मगर ज़ारा जल्दी से दीजिए। चार बजे तक मुझे पहुंचना है। मैडम जी ने कलाई की घड़ी देखते हुए कहा।

अभी लीजिए। राजू बेटा! मैडम जी का आर्डर बुक

करो और झटापट उनका काम तमाम करो। क्या एअर पोर्ट जाना है मैडम जी? किसी मिनिस्टर का स्वागत करने जा रही हैं?

सौगंधी लाल औरतों को बातों में यूं उलझाए रखते जैसे कच्ची कलियों को धागे में लपेट देते हैं।

नहीं सौगंधी लाल! मेरी लड़की स्कूल की दौड़ में हिस्सा लेने गई है। वो ज़रूरत फ़र्स्ट आएगी।

क्या ज़माना आ गया है। मौलवी साहब ने बड़े दुख के साथ कहा।

लड़कियों को दौड़ना सिखा रहे हैं। आख़िर उन्हें किसी मर्द के पीछे ही रहना है।

मौलवी साहब! आपका काम तमाम हुआ इसलिए आप तो पीछे हट जाईए।

मगर एक मौलवी साहब के जाते ही एक और मौलाना तशरीफ़ ले आए।

सौगंधी लाल! हमें एक बहुत ख़ूबसूरत शानदार सहरा चाहिए। इतना लंबा हो कि दूल्हा उस में छूप जाये।

मगर दूल्हा को छुपाने के लिए तो बहुत बड़ा सहरा बनाना होगा। हम तो बस इतना लंबा सहरा बनाते हैं कि बाराती दूल्हा को न पहचान लें। मैंने

जल्दी घबरा कर कहा।

राजा बेटे। जो बात गाहक कहे मान लो। आप इत्मिनान रखिए मौलाना। जैसा आपने हुक्म दिया है वैसा ही सहरा तैयार होगा। ये चौथा सहरा है जो में आपके बेटे के लिए तैयार करूंगा। कभी कोई शिकायत हुई आपको? लाइए। एक हज़ार रुपये एडवांस दीजिए। सीधे हाथ से। शुभ काम है। सौगंधी लाल दोनों हाथ मौलाना के सामने फैला कर खड़े हो गए।

एक बुके बनाने में कितनी देर लगाओगे लाला? बेबी की माँ बार-बार घड़ी देख रही थी।

मैडम जी! मैं आपको बहुत ही बढ़िया बुके दूंगा। दौड़ में फ़रस्ट आने वाली बेबी के लिए। बस अभी चीफ़ मिनिस्टर के ऑफ़िस से बहुत से बुके आते होंगे।

अच्छा तो तुम सारे लीडरों को पहनाए गए हार वापस मंगवा लेते हो लाला जी?

अरे नहीं मैडम जी। लीडरों के गले में पड़ने के बाद तो फूल सूख जाते हैं।

तो फिर फूल किसी हकीम को गुल क़ंद बनाने के लिए बेच देते हो? जान ने बड़े ताज्जुब के साथ

पूछा।

नहीं बेटे। सौगंधी लाल ने सर झुका कर बड़े दुख के साथ कहा।

हमारी दूकान के पीछे क़ब्रिस्तान है। मैं शाम को सारे फूल उठा कर वहां ले जाता हूँ।

सूखे फूल क़ब्रिस्तान में ले जाते हो? मैडम ने ताज्जुब से पूछा।

हाँ मैडम, कभी कभी मुझे ऐसा लगता है जैसे कुछ औरतों के ऊपर मिट्टी नहीं डाली गई है। वो खुली पड़ी हैं। मैं उन्हें सूखे फूलों से ढाँप देता हूँ।

सब चुप हो गए जैसे सौगंधी लाल के साथ साथ हम सब भी किसी खुली क़ब्र के आस-पास खड़े हों।

मौलवी साहब! एक बात पूछूँ आपस? सौगंधी लाल ने आहिस्ता से कहा, सुना है क़ियामत के दिन मुर्दे जी उठ्ठेंगे। मगर उन औरतों की गिनती तो वहां भी नहीं होगी।

मौलवी साहब ने अपने बड़े बेटे का चौथा सहरा बड़े चाव से सँभाला और कार की तरफ़ बढ़ गए।

फिर एक चमचमाती हुई कार आकर रुकी। बहुत शानदार सूट पहने एक भारी भरकम साहिब सर बुलंद किए कार से उतरे।

आइए प्रोफ़ेसर साहिब! ज़रा रस्ता देना भाई। सौगंधी लाल घबरा कर खड़े हो गए।

जी हुक्म दीजिए प्रोफ़ेसर साहिब।

मुझे एक ख़ूबसूरत सा बहुत अच्छा सफ़ेद गुलाब चाहिए। वो जो यहां कोट के कालर पर लगाते हैं, ना।

जी, जी, मैं समझ गया। राजा बेटवा। प्रोफ़ेसर साहिब का आर्डर लो और उनका काम सबसे पहले तमाम कर देना बेटे।

तो क्या आज चन्द्र मोहन साहिब आ रहे हैं प्रोफ़ेसर साहिब?

हाँ। आज सिर्फ़ चंद घंटों के लिए आरहे हैं। उन्हें अब अमरीका की एक साईंस कान्फ़्रेंस में...

प्रोफ़ेसर की बात सुने बग़ैर सौगंधी लाल दूकान के ग्राहकों की तरफ़ देखकर बड़े फ़ख़्र के साथ बोले, प्रोफ़ेसर साहिब के सपूत, बहुत बड़े साइंटिस्ट हैं भारत के पोखरन धमाके में जिस टीम ने हिस्सा लिया उसमें चन्द्र मोहन साहिब भी शामिल थे।

ये बात सुनते ही मजमा ज़ोरदार तालियाँ बजाने लगा। लोग प्रोफ़ेसर साहिब से हाथ मिलाने और मुबारकबाद देने आगे बढ़ने लगे।

मम्मी! लोग तालियाँ क्यों बजा रहे हैं? मैडम जी

की बेबी ने ताज्जुब से पूछा।

बेबी! आपने हिस्ट्री की किताब में पढ़ा है ना कि दूसरी जंग ख़त्म करने के लिए हीरोशिमा पर एटम बम फेंका गया था? जान ने बेबी के पास जा कर उसे समझाया।

वहां हीरोशिमा के सारे लोग मर गए थे एक साथ। अब वैसा ही बम प्रोफ़ेसर साहिब के बेटे ने भारत में बना लिया है।

बेबी डर गई। मुँह खोल कर इधर-उधर देखने लगी। तो क्या भारत में भी इतने बहुत से लोग मर जाऐंगे?

नहीं बेबी। ऐसा कुछ नहीं होगा... प्रोफ़ेसर साहिब प्यार से बेबी की तरफ़ बढ़े तो वो शर्मा के माँ के आँचल में छुप कर बोली, मम्मी फिर इतनी बहुत सी अर्थीयां सजाने के लिए इतने फूल कहाँ से आएँगे?

उस वक़्त तो सिर्फ़ एक ही फूल की ज़रूरत होगी। जान ने फिर बेबी को अपनी तरफ़ खींचा।

एक ही फूल? वो किस लिए?

प्रोफ़ेसर साहिब के सीने पर सजाने किए लिए।

(3) जन्नती जोड़ा

वाजिदा तबस्सुम

आज एक साथ ख़ुशी और ग़म का दिन था। बीबी माँ की शादी का दिन!

चांदी के झम झमाते थालों में एक क़तार से दस जिगर मगर करते तौलवाँ जोड़े रखे थे और ग्यारहवाँ था, जो सोने का था, उसमें सबसे क़ीमती जोड़ा सजा हुआ था, जिसकी मजमूई क़ीमत पच्चीस हज़ार से भी ऊपर थी।

अंदर जहेज़ का सारा का सारा सामान सजा हुआ था। उसमें लस लस करते कपड़ों के जोड़े ही कोई सौ से ऊपर थे। ये ग्यारह जोड़े तो अलग से इसलिए सजाये गए थे कि उनमें सच्चे मोती और हीरे टंकवाए गए थे। ये बात बड़ी-पाशा के जिद्दत तराज़ दिमाग़ ने ही सोची थी। उन्होंने बड़े नवाब साहब को समझाया था, "मैं ऐसे बहूत नवाब लोगों देखी जो बस शादी होते के साथ-इच दुल्हन के जहेज़ की नख़दी और ज़ेवराँ उड़ाना शुरू कर देते। अपनी बच्ची को मैं इस वास्ते-इच आधा रुपये तो कपड़ों की

शक्ल में दे देई। अल्लाह न करो की उसका शौहर कभी उसके रुपये पैसे पो नज़र करो, पन वख़्त वख़्त की बात है, कभी अपना हौर उसके जहेज़ का सारा रुपया भी उन्नों उड़ा डाले तो कम से कम बुरे वख़त के साथ ये कपड़े लत्ती तो रहना। अब ये तो उन्नों करने से रहे की सन्दूख़ों में से कपड़े निकाल निकाल को ले जा रईं। कपड़ा लत्ता तो औरत ज़ात के हाथ को इच रहता। सो मैं ये तरकीब करी की सवा लाख के ख़रीब के हीरे मोती कपड़ों के जोड़ों में टंकवा दी। हौर एक जोड़ा खासतौर से शादी के दिन पहनने का है, वो ख़रीब ख़रीब पच्चीस हज़ार का या इससे भी बढ़कर होएंगा... क्यूँ मैं अच्छा करी ना जी?"

इतनी लंबी चौड़ी बात के जवाब में नवाब साहब ने सिर्फ़ उन्हें मुस्कुरा कर देखने पर इक्तिफ़ा की।

"आप कुछ बोले नईं?" बड़ी-पाशा उलझ गईं।

"हम आपके कामों में कभी दख़ल दिए?" वो इसी तरह मुस्कुरा कर बोले।

"तो फिर चलो ज़रा आप भी बच्ची के कपड़ों की बहार देख लियो।"

दोनों मियाँ बीवी मेहमानों के हुजूम में से गुज़रते

हुए जब जहेज़ वाले कमरे में पहुंचे तो आँखें चौंध्या गईं। ख़ुशी ख़ुशी बड़ी पाशा सोने के तश्त वाला जोड़ा सबसे पहले दिखाने के लिए बढ़ीं तो उनकी तेवरियों पर बल पड़ गए। सोने के झिलमिलाते तश्त में हीरों के टंके जोड़े के ठीक ऊपर एक सादा सुर्ख़ मदरे का चूड़ीदार पाजामा, मदरे का ही करता और सूती मलमल का सस्ते मूल का सुर्ख़ दुपट्टा बड़े एहतिमाम से तय किया हुआ रखा था।

झूटे गोटे और सस्ती चिमकियों से टका हुआ! उन्होंने झल्लाकर इधर उधर देखा और ख़ून बरसाती निगाहों से और अपने पूरे वजूद का ज़ोर लगा कर चिल्ला कर कहा, "ये कौन उजाड़ मारा इन्ने सड़ी गत का जोड़ा सोने के तश्त में रक्खा सो?"

सारे नौकर-चाकर, ख़वासें, मुग़लानी बुआ दम-ब-ख़ुद सांस रोक कोने की तरफ़ देखने लगे, जहाँ अपनी बे-नूर आँखें लिए रम्ज़ो बाबा खड़े काँप रहे थे।

किसी ने ये हरकत की होती तो बड़ी-पाशा गरज कर पूछतीं... "तमे अंधे थे क्या? दिखा नईं कि सोने का थाल है, हौर जोड़े सम्धियाने में जाने को हैं?" मगर वहाँ तो वाक़ई साबिक़ा एक अंधे से ही था।

फिर भी वो अपने ग़ुस्से को दबा न सकीं और फट पड़ीं, "तुम्हारी ये हिम्मत कैसे हुई गे बुढ्ढे मियाँ? तुम दो टके के आदमी मालूम नईं क्या कि ये किसका जहेज़ है?"

रम्ज़ो बाबा बे-नूर आँखों से ख़ला में देखते हुए बोले, "जी मालूम है पाशा मेरी बच्ची की शादी है, हौर उसी का जहेज़ है।"

"तुम्हारी बच्ची? शर्म आना ना तुमको! ये फटे कपड़े, चीथड़े, गुदड़ियाँ लटका को हमारी शहज़ादी जैसी बच्ची को अपनी बच्ची बोलते..."

लेकिन रम्ज़ो बाबा तो सिर्फ़ ये सोच रहे थे कि शहज़ादी पाशा अगर मेरी बच्ची नहीं तो फिर किस-किस की बच्ची है? क्या पैदा करने वाले बाप को ही ये हक़ है कि वो बाप कहलाए? वो अगर बाप नहीं थे और शहज़ादी पाशा उनकी बच्ची नहीं थी तो फिर ये दुनिया कौन सी मोहब्बत के सहारे क़ायम थी।

ऊंची साड़ी डेयुढी के बाहर से फाटक पर पहरा देता हुआ अरब चाऊश बहुत देर से ये तमाशा देख रहा था कि गली के बहुत से छोकरे एक नेक सूरत नाबीना शख़्स को हुशका रहे थे, मानो वो कोई जानवर हों। कोई उनके तह बंद का कोना पकड़ कर

खींचता, कोई दाढ़ी हिला कर दौड़ भाग जाता, कोई मज़बूत क़िस्म का छोकरा उन्हें चक फेरी देती और फिर सब मिलकर क़हक़हे लगाना शुरू कर देते।

चाऊश पहले-पहल तो ख़ुद भी मुस्कुराता रहा और मज़े लेता रहा, लेकिन एक-बार जब धक्का खा कर बड़े मियाँ ज़मीन पर गिर पड़े तो उसने ज़ोर से अपना डंडा लहराया और चिल्ला चिल्ला कर बोला, "क्यूँ गे हराम ज़ादो, तुम्हारे मावाँ ने इस वास्ते-इच जन कर छोड़ दियाँ क्या कि ग़रीब बन्दे को सताते रहो।"

उसके डंडा लहराते ही सारे छोकरे रफ़ू चक्कर हो गए। चाऊश फिर भी बड़बड़ाता रहा, "अब से इधर दिखे तो हराम ज़ादो सब का बाप बन कर बता दियोंगा।" फिर वो आगे बढ़कर मियाँ का हाथ पकड़ कर उन्हें उठाते हुए बोले, "फ़ातक बंद है मियां जी, तबन्नी खुली है। ज़रा सर नीचो कर के अंदर दाख़िल होना पड़ेगा।"

उन्हें सहारा देकर खिड़की से अंदर दाख़िल कर के वो दोनों हाथ झटके हुए बोला, "मगर आप इधर ये हराम के पोट्टों में कैसे फंस गए मियाँ जी?"

"क्या बोलूँ बेटा... मस्जिद से ज़रा चाय पीने

बाहर निकला था कि छोकरों ने घेर लिए और भगाते भगाते मालूम नईं किधर का किधर ले को आ गए। अब मैं वापस कैसा तो भी जाऊँगा।" और उनकी आँखें में, जो बे-नूर थीं, पानी चमक उठा।

चाऊश ने अपने गले में कुछ अटकता महसूस किया। रुकते रुकते पूछा, "आपका कोई तो हुइंगा, जो ढूंढ को आ को ले जाएंगा।"

"नईं मियाँ... मेरा बस अल्लाह है।"

चाऊश कुछ देर के लिए सन्न सा हो गया, फिर ख़ुश हो कर बोला, "इधर ड्योढ़ी में मस्जिद भी तो हई... आप सारे नौकरियाँ हैं नईं, उनके बच्चों को नमाज़ रोज़ा सिखलाते बैठना..."

"ड्योढ़ी के मालिक कुछ बोलेंगे तो नईं, और फिर..."

अभी रम्ज़ो बाबा की बात उनके मुंह में ही थी कि एक नन्ही सी आवाज़ ने उनके कानों में जलतरंग सा बजा दिया,

"बाबा... चलो सब लोगाँ खाना खाने चल रईं, तुम भी चलो।"

चाऊश ने धीरे से बूढे को सुनाया, ये ड्योढ़ी के नवाब साहब की साहबज़ादी है ना? बहूत नौकरियां हैं

ना। सब का खाना एक-इच लगता... चलो मियाँ जी।"

"नईं चाऊश, तुम हटो... बाबा की उंगली पकड़ कर मैं ले जाऊँगी।"

"हो बाबा, तुमको बिल्कुल नईं दिखता...? मासूम सी जान बेहद प्यारे लहजे में पूछ रही थी।"

"नईं माँ, कुछ भी नईं दिखता। हौर अच्छा-इच है कि कुछ नईं दिखता। देखने के वास्ते दुनिया में अच्छी चीज़ है इच क्या?"

"मैं जो हूँ बाबा।" वो ख़ुशी ख़ुशी बोली, "मैं बहुत अच्छी हूँ बाबा। मेरे गोरे गोरे गालाँ हैं। बटन के वैसे चमकदार आँखां हैं। हौर बाबा ख़ूब घने सुनहरे बालाँ भी हैं। सब लोगाँ बोलते, मैं गुड़िया वैसी दिखती। तुम मेरे को देखना नईं चाहिएँगे क्या बाबा?"

रम्ज़ो बाबा चलते चलते ठिठक गए। उनके वीरान दिल में उथल पुथल सी हुई वो ख़ुद पर क़ाबू पा कर बोले, "अगे वाह! मैं कैसा इत्ती अच्छी बच्ची को नईं देखना चाहूँगा!"

"हो बाबा। मैं सच्ची बहोत अच्छी बच्ची हूँ। दादी हुज़ूर बोलते, शहज़ादी माँ को देखे तो आँखों की जोत बढ़ जाती है। तुम मेरे को ग़ौर से देखना बाबा,

तुम्हारे आँखां से सौब दिखने लग जाएंगा।"

रम्ज़ो बाबा ने टटोल टटोल कर उसका नन्हा सा चेहरा अपने हाथों में थामा, उसके मुलाएम मुलाएम और ख़ुशी से गरमाए हुए गालों पर पसीने की हल्की सी नमी महसूस की और बहुत मोहब्बत से उसकी पेशानी पर बोसा देकर कहा, "मैं भी कित्ता नादान था बीबी माँ, जो सोचता था कि दुनिया में देखने के लाएख़ है ही क्या... ये दुनिया तो बहुत भी बहोत ख़ूबसूरत लगती होएंगी, क्यूँ कि इस में तो तू रहती है।"

सात साल की नन्ही मुन्नी सी जान ने एक मजबूर और दुनिया से टूटे हुए शख़्स में जीने की हर ख़ुशी भर दी। बीबी माँ ने ही अपने बाबा जान की सिफ़ारिश पहुंचाई... "बाबा जान आप बाताँ तो नईं करेंगे ना? एक बात बोलतियूँ बोलूँ?"

नवाब साहब ने हंसकर उसे देखा... "बीबी माँ, हम कभी आप को बाताँ करे? बोलो, क्या बोलते आप?"

"बाबा जान। वो उन्नों बुड्ढे सर के जो बाबा हैं ना... उनको अंखियाँ नईं बाबा-जान... कुछ भी नईं दिखता उनको... मैं भी नईं दिखती। उनको यही-इच

इन्ने पास रहने देते आप?"

"हम कभी आपकी बात को नाँ बोले बीबी माँ?"

और नवाब साहब सचमुच थे भी ऐसे ही... किसी के किसी काम में दख़ल देते, न किसी पर अपनी राय ठूँसते। अलबत्ता बड़ी-पाशा ने ख़ूब हंगामा खड़ा किया। जब पता चला तो ख़ूब चिड़ कर आईं।

"हो मैं सुनी की आपकी हौर मुसीबत पाल लिये।"

"जाने देव बेगम... अल्लाह राज़िख़ है।"

"वो तो है... मैं नईं बोली क्या, मगर उजाड़ क्या मुसीबत है... एक अंधे को रखना बोले तो आफ़त। कभी बावली में गिर-उर गया तो?"

"बेगम इन्नों हाफ़िज़ जी हैं... ख़्वाह-मख़्वाह अंधा बोल के बेइज़्ज़ती कर के गुनाह काय को मोल लेते आप?" नवाब साहब ने नर्मी से कहा।

"मैं क्या बेइज़्ज़ती करी जी? बस इत्ता-इच बोली न की बावली में गिर गिरा कर मर मरा गया? अब इसको रक्खे, सो उसके ऊपर हौर एक नौकर रखो। हौर बढ़ाओ ख़र्चे।"

नवाब साहब उसी तरह नर्मी से बोले, "बेगम, हर इन्सान अपना नसीब, अपना रिज़्ख़ ले कर आया है,

आप क्यूँ ऐसा सोचते?"

"मगर मैं बोल दी, अब रहियो सो रहियो, पन आप तनख़्वाह वग़ैरा नक्को बाँधो। अव्वल-इच कित्ते नौकराँ चप मुफ़्त की रोटियाँ तोड़िए?"

नवाब साहब ने बड़ी तकलीफ़ से उन्हें देखा... "बेगम, आप अब बोले यानी बाद में, इस वास्ते हम कुछ नईं कर सकते। अगर पहले से बोलते तो हम ग़ौर करते। हम तो उन्नों तनख़्वाह भी दो रुपये माहाना बांध चुके।"

"दो रुपये?" बड़ी-पाशा पेशानी पर हाथ मार कर बोलीं, आपको कुछ भी अख़ल नईं है, खाना कपड़ा जब डेवढ़ी से मिलेंगा तो दो रुपये काय के वास्ते?"

"बेगम जीती ज़िंदगी को सो ज़रूरतियाँ लगे दे रहते। कुछ भी करेगा बेचारा।"

लेकिन बड़ी बेगम के जी को ये बात लग गई कि दो रुपये ख़्वाह-मख़्वाह बांध दिए गए। चुनांचे उन्होंने बड़े मियाँ के खाने चाय में कटौती करा दी। जब नौकरों का खाना लगता तो बड़ी पाशा ख़ासतौर से बरताव वाले ख़ादिम और ख़ादिमा से आ कर कहतीं, "आज सुबह उन्ने बडगा नाश्ता कर को बैठा है, अब दोपहर का खाना नक्को उसको।"

उन्नो मियां और भाग भरी एक दूसरे का मुंह देखते, वो हट जातीं तो कहते: "इत्ते बड़े नवाब के बेगम हैं उन्नों। काय को तो भी ग़रीबों के खाने पीने को टोकते।"

"दई-इच में भी सोचतियों... ऐसा तो कित्ता रुपया ख़ैर ख़ैरात में निकल जाता। अल्लाह मालूम बेचारे मियाँ जी से काय का बैर बांध को बैठे हैं बड़ी-पाशा।"

बीबी माँ को पता चलता कि आज रम्ज़ो बाबा का दोपहर का खाना नाग़ा कर दिया गया तो वो फ़ौरन अपने कुरते के दामन में दो तीन चपातियाँ और भुने गोश्त का या मुर्ग़ी का सालन छुपा कर ड्योढ़ी में पहुँच जातीं... "बाबा, देखो आपके वास्ते में क्या लाई? बाबा आपको दांताँ तो हैं ना? इक-दम को तली मुर्ग़ी थी। पर बाबा मैं रोटी-इच लाई, खाना (चावल) के साथ लाई? कुर्ते में लाती तो कुर्ता ख़राब हो जाता। अमनी जान देख लेती और बाताँ करते। इस वास्ते ख़ाली काग़ज़ में लपेट को, रोटी मुर्ग़ी-इच ले को आ गई।"

रम्ज़ो बाबा का दिल सीने में थरथराने लगता। आँसुओं को पीते हुए वो अटक अटक कर निवाले

निगलते। उधर बीबी माँ मुस्तक़िल अपना रिकार्ड बजाए जाती।

"बाबा, आपको आंखियाँ नईं हैं ना? कुछ भी नईं दिखता होएंगा? ये भी नईं दिखता होएंगा कि इत्ती बड़ी ड्योढ़ी में कित्ते सारे नौकराँ हैं और कित्ता सारा खाना पकता? तो बाबा फिर अमनी जान आपको खाना देने को काय को चिड़ते? क्या मालूम मेरे को, मगर मेरे बाबा-जान बिल्कुल नईं चिड़ते। अमनी जान तनख़्वाह बटी, सो अब के भी बाबा-जान से ख़ूब लड़ लिए की आपको काय को तनख़्वाह होना। मगर आपको सौ ज़रूरताँ हुईं? होवेंगे। नईं तो बाबा-जान काय को ऐसा बोलते... बाबा, आपको कभी भी कोई भी चीज़ का काम पड़े तो मेरे को चुपके से बोलना। पैसे होना तो वो भी बोलना। मैं अमनी जान की तिजोरी में से चुरा को..."

"अरे रे रे! तौबा तौबा बीबी माँ!" रम्ज़ो मियाँ अचानक उसकी बात काट कर बोले उठते... "चोरी चकारी की बातें नक्को करो आप, आपको मैं सिखाया नईं की अल्लाह मियाँ चोरी से बहोत चिड़ते। और बीबी माँ, मैं आपको कल अरबी का सबख़ पढ़ाए बाद नसीहताँ करा था नईं कि अपने

हुज़ूर फ़रमाए की माँ-बाप का हुक्म मानना। उनके ख़िलाफ़ कोई बात मत करना।"

बीबी माँ बात काट कर कहृ उठती, "हौर आप-इच ये भी सिखाय न कि हुज़ूर बोले कि भूकों को खाना खिलाना... फिर आप भूके रहे तो मैं क्या खाना मत ख़िलाऊँ?"

वो सिटपिटा जाते, "वो तो ठीक है बीबी माँ? पर अगर आपकी अमनी जान के दिल में नईं था तो आप छुपा चुरा को खाना नईं लाना था।"

"मैं छुपा को तो लाई, चुरा को कब लाई? मैं तो अपने हिस्से में से लाई। अपना हिस्सा मैं खाऊं की किसी को ख़िलाऊँ। फिर वो ख़फ़ा हो कर कहृती, अच्छा आप मेरे को चोट्टी बोले ना? मैं अब से आपके पास नईं आऊँगी।"

लेकिन थोड़ी ही देर बाद वो चहृकती हुई आ जाती और अपनी मासूम बक बक शुरू कर देती। बीच बीच में चाऊश को गवाहृ भी बनाती जाती।

"क्यूँ चाऊश, बाबा ख़ुद मेरे को सबख़ पढ़ाते न कि ग़रीबों की मदद करना चाहिए? अपने हुज़ूर को भी ऐसा ही सिखाय न?"

"जी हौ, बीबी माँ।" चाऊश मुस्कुरा कर गवाही

देता, "आप सच्ची बोलते।"

"अच्छा चाऊश, तुम बाबा को अबकी तनख़्वाह पर लुंगी कुर्ता ला देना। बहोत फट गया ना।"

रम्ज़ो बाबा अपनी जगह सिटपिटा जाते। चाऊश अलग पैंतरे बदलने लगता। चाऊश की बड़ी सारी फ़ैमिली थी। पाँच रुपये महीना तनख़्वाह थी, जो डयोढ़ी के सारे नौकरों से बढ़कर थी, मगर फिर भी कमबख़्त पूरी न पड़ती। बाबा चार आठ आने, ख़ुद रखकर पूरी तनख़्वाह चाऊश के हवाले कर देते।

"जी हौ बीबी माँ, अब के महीने ज़रूर ला दियौंगा। वो रुकते रुकते कहता मगर वो महीना कभी नहीं आता।"

बीबी माँ इस भेद से ला इल्म अपनी ख़िदमात पेश किए जाती... "हौ बाबा, मैं बाबा-जान को बोल के कि उनका एक आध कुर्ता पाजामा ला कर दियूँ... कित्ते फट गए तुम्हारे कपड़े..."

"नईं बीबी माँ, चुप आपको दिखते कि फटे वे हैं। अच्छे ख़ासे तो हैं। देखो तो भला चाऊश मियाँ की बीबी ने ये पैवंद लगा को बिल्कुल नवा कर दिए हैं ये कुर्ता।"

"मगर बाबा, तुम्हारा कुर्ता सफ़ेद था, ये पैवंद तो

गुलाबी रंग का है।"

चाऊश अपनी जगह चरमरा जाता। बाबा बात टालने को कहते, "अरे बीबी माँ, तो मैं इच बोला था कि गुलाबी पैवंद लगाता... फूल के वैसा गुलाबी गुलाबी अच्छा लगता ना?" "अच्छा बाबा, मेरे को अब ईद पर दादी माँ ईदी देंगे तो मैं तुम्हारे वास्ते गुलाबी फूलाँ का कुर्ता पाजामा बनाऊँगी... आँ।"

रम्ज़ो बाबा और चाऊश दोनों हंस पड़े। बाबा कहते, "नईं माँ... बुड्ढों को गुलाबी फूलाँ कैसे लगेंगे? सब लोगाँ हँसेंगे.. अप इत्ता ख़याल रखते, बस वे-इच बहोत है।"

"नईं बाबा।" वो अपनी ही हांके जाती, "गुलाबी फूलाँ बहुत अच्छे लगते... तुम देखना... अचानक वो ठिठक जाती, अरे बाबा, तुमको तो दिखता नईं ना? बाबा हकीम साहब सारे डयोढ़ी के लोगाँ का ईलाज करते... मैं बाबा-जान से बोलूँगी कि तुम्हारे आँखाँ का इलाज करवाने को... फिर बाबा तुम देखना गुलाबी फूलाँ कित्ते अच्छे... मैं कितनी अच्छी दिखती।"

बाबा उसके प्यार के समुंदर में डूब कर कहते, "मेरी गुड़िया, वो तो मैं अंधा हो कर भी देखता हूँ

कि तू कित्ती अच्छी है।"

धीरे धीरे, वो छुपा छुपा कर खाना लाने वाली, बाबा की बीनाई वापस आ जाने की दुआएँ करने वाली अपनी ईदी से बाबा के लिए कपड़े सिलवाने की चाह करने वाली बड़ी होती गई। उसका उर्दू का पहला क़ायदा ख़त्म हुआ, फिर पहला पारा शुरू हुआ। फिर उर्दू की पहली किताब ख़त्म हुई, फिर दूसरा सीपारा, फिर तीसरा... बाबा उसे दिल लगा कर मज़हब की तालीम देते रहे... फिर उसका क़ुरआन शरीफ़ ख़त्म हुआ, उर्दू की क़ाबिलियत आई... फ़ारसी वाली उस्तानी माँ ने उसे फ़ारसी सिखाई। इंग्लिश पढ़ाने वाली ने उसे इंग्लिश में ताक़ क्या... वक़्त का पंछी ऊंची ऊंची उड़ानें भरता रहा, मगर इस चहकती मैना ने जिस डाल पर बसेरा किया था वो न छूटा... वो अब भी इसी तरह बाबा के पास आती, उनके खाने का एहतिमाम करती। ये ज़रूर था कि शुऊर आते आते वो ज़बान की क़दर-ओ-क़ीमत से वाक़िफ़ होती गई और हर-दम पड़पड़ करती रहने वाली मैना अब धीमे धीमे लहजे में कम ही बातें करती, लेकिन रम्ज़ो बाबा के लिए उसके दिल में प्यार की जड़ें गहरी से गहरी होती गईं।

बाबुल के आँगन में चहकने वाली चिड़िया कब तक आज़ाद रहती? होते होते बाबा के कानों में भी ये बात पड़ ही गई कि बीबी माँ की शादी होने वाली है। कैसी ख़ुशी की ख़बर थी। लेकिन बाबा का दिल जैसे डूब कर रह गया... "ड्योढ़ी में अब मेरे वास्ते क्या तो भी रह जाएंगा मौला!" वो दिल मसोस मसोस कर रह जाते। बीबी माँ अपने घर की हो रही थी। ये भी ना-मुमकिन था कि वो दुआ करते कि ये समाअत टल जाए। एक न एक दिन तो बीबी माँ को ये ड्योढ़ी, ये आँगन, ये मैका छोड़ना ही था। अच्छा है जहाँ रहे मेरी बच्ची ख़ुश रहे। लेकिन अपनी बच्ची को मुझे कुछ न कुछ तो देना ही चाहिए।

अपने मीठे सुभाव और नर्म सुलूक और शीरीं ज़बान की वजह से बाबा ने सारे नौकरों में एक मुक़ाम बना लिया था। दाई माँ से उनके सलाह मश्वरे ख़ूब चलते थे।

"दाई माँ, सोना तो बहोत महंगा है। मैं बीबी माँ को क्या तो भी देयूँ? ऐसा सोचा हूँ कि एक-आध कपड़ों का जोड़ा देयूँ।"

"जी हौ मियाँ जी... ज़रूर देव आप, आप का

दिया हुआ टुकड़ा भी बरकत भरा हुएँगा। आख़िर को आप इत्ता अल्लाह का कलाम याद करे वे हैं।"

"तो दाई माँ कमख़ाब का जोड़ा देयूँ?"

दाई माँ ने तरस भरी निगाहों से उन्हें देखा। टाल कर बोलीं, "आई कमख़ाब काय को? अपना दौरा देव कोई।" वो जानती थीं कि इतना महंगा कपड़ा उनके बस का नहीं...

"अत्लस का कैसा रहेंगा?"

"नक्को मियाँ जी, अत्लस के बहोत सारे जोड़े सिल रए।"

"फिर जामादार का?"

"जामादार चुभता बोलते बीबी माँ।" वो टाले जातीं।

"अब मैं ग़रीब औरत क्या मश्वरा देयूँ। आप तो ख़ुद लाएख़ आदमी हैं।"

"अपना लाल मदरे नईं तो सोसी का जोड़ा और मलमल का दुपट्टा।"

"जी हौ, ये बहोत अच्छा रहेंगा।"

"होर मेरे को तो दाई माँ कुछ दिखता नौवीं, बहोत पहले जब आँखां थे तब दिखता था। घर के औरताँ चमकी सितारे गोटा टांकते थे... इससे कपड़ों

पर रौनख़ और चमक आ जाती थी।"

"जी हौ मियाँ जी।"

"मगर टाँकेगा कौन?"

"आई मियां जी, इत्ते पोट्टियाँ हैं, चप कद कड़े लगा लेते, घूमतियाँ फिरतियाँ, उसकी आप फ़िकर न करो। बस मेरे को पैसे दे देव... मैं सौब कर लेयूँगी।"

"कपड़े... दुपट्टा... गोटा... चिमकी सब मुल्ला को कम है कम दस रुपये ज़रूर-इच होवेंगे मियाँ जी।"

वो बैठे बैठे धँस से गए। ग़रीब चाऊश को दे दिला कर, कभी-कभार की चार आठ आने को होते ही क्या थे। इन चार आठ आनों में कभी वो बीबी माँ को बेसन के मर्कल, बेर, जाम ख़रीद कर खिला देते थे। कभी सुस्ती आती तो ख़ुद चाऊश के हाथ से एक आधा प्याली चाय इस्लामी होटल से मंगा कर पी लेते थे। उस वक़्त तो जेब में दमड़ी भी न थी। बड़ी मुश्किल से बोले, "शादी कब है मगर दाई माँ?"

"बस तीन हफ़्ते ही तो रह गए माँ।" दाई माँ ठंडी सांस भर कर बोलीं, "फिर तो मेरी मैना... मेरी चहकती बुलबुल मेरे आँगन को सूना कर देगी।"

वो आँखों में भर आने वाले आँसू पोंछने लगीं। रम्ज़ो बाबा का अपना दिल भी नमकीन पानी में डूबने लगा।

ये अलग दास्तान थी कि रम्ज़ो बाबा ने किस तरह दस रुपये की रक़म जोड़ी... अपनी चाय पानी छोड़ दी, पेट काटा। पास पड़ोस के साहब हैसियत बच्चों को चाऊश से बुलवा बुलवा कर दर्स दिए, रातों को नींदें हराम कीं, किसी को दिन में पढ़ाया, किसी को रात में।

न चाऊश को अपनी तनख़्वाह देनी बंद की, न उससे उधार सुधार का सवाल किया। बस एक ही धुन थी कि किसी तरह दस रुपये जमा हो जाएँ। फिर ये डर भी था कि ड्योढ़ी के मालिकों को पता न चल जाए कि बाबा आस पड़ोस के बच्चों को बुला बुला कर पढ़ाता और पैसे वसूल करता है। रात को पढ़ाते, दिन-भर जमाहियों पर जमाहियाँ लेते। चाऊश कहता भी... "मियां जी, इत्ती सुस्ती आ रही है तो एक कोप चाय ला देयूँ?"

वो हंसकर बोलते, "अगे नईं मियाँ, सुस्ती काय की? अभी तो सारे नौकरों को चाय बटी थी।"

और जब दस रुपये की ख़तीर रक़म दाई माँ के

हाथों में पहुंची तो बुढ़ापा टूट कर बाबा पर बरस चुका था। सफ़ेद झाग ऐसे बाल साफे में झाँकते हुए। कमज़ोरी से हिलता डोलता, जिस्म उसके साथ हिलती काँपती डाढ़ी। हाथों में राशा... दाई माँ ने रुपये उनके हाथों से लिए तो हैरत से उन्हें देखकर बोलीं, "आई माँ जी, आपका जी अच्छा नईं क्या? इत्ते कमज़ोर काय लग रए?" वो टूटी हुई आवाज़ से बोले, "मेरी बीबी माँ चली जाएगी बोल के, सोच सोच के ये हाल हो गया।"

"ये तो सब ही के दिल की आवाज़ थी..." दाई माँ भी सिसक कर रह गई।

सलीम शाही, बिना आवाज़ की जूतियाँ पहने, आते-जाते बड़े नवाब साहब देखते कि ड्योढ़ी में इधर दरज़नें बैठी लुच लुच गोटे, साँचे, सलमा सितारे, बानकड़ियाँ, किरनें टांक रही हैं। अत्लस, शामो, जामेदार, बनारसी और किमख़ाब के थानों के थान खुले हैं। सोनार मुसलसल ज़ेवरात बनाने में जुटे हुए हैं... जौहरी सच्चे हीरे और मोतियों के पिटारे खोले बैठे हैं, और इधर ग़ुलाम गर्दिश में एक जोड़ा सिल रहा है। सस्ते मोल की चिमकियों से उसे सँवारा जा रहा है... झूटी लचे से मलमल की सजाट बढ़ाई जा

रही है और दो काँपते हाथ उस जोड़े को उठा कर बार-बार अपनी बे-नूर आँखों तक ले जाते हैं। एक बूढ़ी, लरज़ती आवाज़ बार-बार पास बैठी लड़कियों से पूछती है, "छोकरियो, मेरी बीबी माँ इस जोड़े में शहज़ादी लगेगी ना?" और लड़कियां आँखों ही आँखों में दुख से बोझल नज़रों का तबादला कर के उन्हें जैसे दिलासा देती हैं, "जी हौ मियाँ जी, इत्ता अच्छा जोड़ा तो बीबी पाशा के जहेज़ में एक भी नई होएंगा।"

"ख़ुदा उसका सुहाग बनाए रक्खे... मुझ अंधे का कित्ता ख़याल रखती थी... न दुनिया बार-बार जन्म लेगी, न ऐसी चांद सूरज के वैसी बे-मिसाल बच्ची पैदा होएंगी... मेरी बीबी माँ... मेरी बच्ची..."

"तुम्हारी बच्ची...?" बड़ी-पाशा चिल्लाईं, "शर्म आना न तुमको... ये फटे कपड़े चीथड़े, गुदड़ियाँ लटका ले को हमारी शहज़ादी जैसी बच्ची को अपनी बच्ची बोलते।"

और उन्होंने पूरी ताक़त से वो जोड़ा उठा कर जो फेंका तो वो सीधा रम्ज़ो बाबा के पैरों में जा पड़ा।

रम्ज़ो बाबा के आँखें नहीं थीं, कान तो थे, और उनके कानों ने मद्धम सी, चलने की चाप सुनी...

फिर उनके कानों में हल्की सी ज़ब्त भरी सिसकी सी उभरी कोई क़रीब आया, फिर उनके कानों ने यूँ सुना जैसे किसी ने उन कपड़ों का बोसा लिया हो। फिर उनके कानों ने बाक़ायदा सुना... और यक़ीनन ये आवाज़ एक दर्दमंद दिल की ही हो सकती थी।

"बेगम..." उन्होंने महसूस किया कि कोई उनके पैरों में झुका हो और उसने वो कपड़े उठा लिए हों।

"बेगम... आपने ये कपड़े फेंक दिए! ये कपड़े बेगम! जो इस दुनिया में तैयार न हुए होते तो सिर्फ़ जन्नत से ही उतारे जा सकते थे और जिन्हें लेकर फ़रिश्ते भी डरते डरते इस दुनिया में ख़दम रखते... आपको उन कपड़ों की ख़दर-ओ-ख़ीमत मालूम है बेगम साहिबा... इनके एक एक टाँके में मोहब्बत गूंधी गई है... कितने रातों की जाग और कितने भूके लम्हों का क़ुर्बान में घुला हुआ है... बेगम ये जोड़ा ख़ून-ए-दिल की लाली से सुर्ख़ है... इस के झूटे गोटे और सस्ती चिमकियों पर मत जाइए। इसमें जो चमक है वो आपके सारे हीरे और मोतियों में मिलकर भी नहीं हो सकती..."

सारे मेहमान, बराती, सम्धियाने वाले हैरत से खड़े सुन रहे थे। वो ऐसी नर्म आवाज़ में, जो हज़ार

हुक्मों पर भारी थी, धीमे से बोले, "बीबी माँ की अख़द ख़्वानी के वख़त उसको यही-इच जोड़ा पहनाया जाएंगा।"

"मगर आप इत्ता तो सोचो, सारा हैदराबाद..."

नवाब साहब ने बेगम साहिबा की बात काट दी, "हम आपका मतलब समझते हैं और आप ये भी जानते हैं कि हम किसी को किसी काम से मना करते ना किसी के काम में दख़ल देते... मगर हम आपको कहे देते हैं कि बीबी माँ की शादी इसी जोड़े से होती और ख़ाएदे के मुताबिख़ शादी का जोड़ा जो दूसरे दिन ख़ैरात कर दिया जाता है... ये जोड़ा ख़ैरात में नहीं दिया जाएंगा। ये जोड़ा नसल-दर-नसल संभाल संभाल कर रक्खा जाएंगा कि लोगों को याद रहे कि मोहब्बत इस तरह की जाती है और मोहब्बत के यादगाराँ इस तरह संभाल कर महफ़ूज़ किए जाते हैं।"

उन्होंने अपने आँसू पोंछ कर रम्ज़ो बाबा के हिलते कांपते वजूद को सँभाला जिनके होंट थरथरा रहे थे।

ज़िंदगी में आज पहली बार जी चाह रहा है कि ख़ुदाया मेरे भी आँखां होते और मैं उस मेहरबान

चेहरे को देख सकता... रम्ज़ो बाबा के टूटे दिल से दुआ निकली और वह नवाब साहब से लिपट कर चीख़ चीख़ कर रोने लगे।

(4) बुलबुल

तरन्नुम रियाज़

डेनिम की भारी सी जीन की पैंट को खंगाल कर निचोड़ने के बाद जब मैं उसे हैंगर पर फैलाने के लिए सीधी खड़ी होने लगी तो सारे बदन से टीस सी उठी। पूरी तरह ईस्तादा होने में मुझे दस-बारह सेकंड तो ज़रूर लगे और जब मैंने जीन को ज़ोर से झटक कर झाड़ा तो मेरे बाएं हाथ की तीसरी उंगली का वो लंबा सा नाख़ुन जो जीन की मोरी को रगड़ते हुए आधा टूट गया था, उंगली के पोर की थोड़ी सी जिल्द छीलता हुआ पूरा अलग हो गया। ख़ून के क़तरे गिरने लगे और मैं दर्द से बिलबिला उठी। मगर इस ख़्याल से कि कहीं जीन पर ख़ून का धब्बा न लग जाये मैंने एक हाथ से बमुश्किल तमाम उसे हैंगर पर डाल दिया। उंगली पर टिशू पेपर लपेट कर, मैं खिड़की की तरफ़ लपकी और खिड़की के दोनों पट खोल दिये। अंधेरों से निकल कर आता हुआ-हवा का एक उदास झोंका मेरे चेहरे से टकराया। जाने इतनी जल्दी अंधेरा कैसे हो गया।

अभी कुछ देर पहले ही तो मैंने कुछ देर बाद डूबने वाले सूरज की हल्की सी झलक देखी थी। बस इतनी सी देर में...? एक ही तो पैंट धोई थी मैंने... मेरी उंगली का दर्द मेरे दिल में उतर आया। एक थकी हुई नज़र मैंने आसमान की तरफ़ उठाई। इतने वसीअ' आसमान पर मुश्तरी अकेला चमक रहा था। मुश्तरी का अ'क्स मेरी आँखों में धुँदला सा गया... इस ज़रा सी बात पर... ये आँसू भी...

कुछ दिन पहले जब उन्होंने बताया कि उनके दफ़्तरी काम के सिलसिले में हम लोग तीन दिन के लिए शिमला जा रहे हैं तो मसर्रत की एक लहर मेरे पूरे वजूद में दौड़ गई थी। दरअसल मेरी अपनी छुट्टी के भी ये ही तीन दिन थे। इन दिनों मन्नू की भी छुट्टियां चल रही थीं । मा'लूम नहीं मेरा वक़्त कहाँ चला जाता है। लोग बोर कैसे होते होंगे। मुझे तो बोर होने का वक़्त कभी मयस्सर नहीं आया। वैसे कुछ करना तो होता नहीं मुझे ऐसा। मगर फिर भी कभी-कभी मैं एक-एक लम्हे को अपने पास बुला कर रह जाती हूँ। उसे दिल की गहराइयों से याद करती हूँ। पुचकारती हूँ। तसव्वुरात की बाहें पसारे उससे वाअ'दा करती हूँ कि उसे इतने

ख़ूबसूरत अंदाज़ से गुज़ारूँगी कि शायद ही उसे किसी ने इतना हुस्न बख़्शा हो। उसकी मिन्नत और ख़ुशामद करती हूँ। बड़ी मुश्किल से इतनी सारी आ'जिज़ी के बाद जब वो एक लम्हा मेरे पास आने को तैयार होता है तो... उसी वक़्त कुकर की सीटी, टेलीफ़ोन की आवाज़, दरवाज़े की घंटी,बच्चों की पुकार, ग्वाले की डोल्ची की खड़खड़ाहट या फिर किसी काम का एहसास-ए-ज़िम्मेदारी... और मेरा इतने जतन से बुलाया हुआ लम्हा मुझ तक पहुंचने से पहले ही कहीं दूर साकित हो जाता है। मैं ख़ाली दामन और ख़ाली बाहें लिए कोई फ़र्ज़ पूरा करने के लिए आगे बढ़ जाती हूँ। और फिर मुझे दिन-भर करना ही क्या होता है। वो ठीक ही कहते हैं,काम वाली कपड़े धोती है, सफ़ाई करती है। अब ऐसा कौन सा काम रह जाता है। ज़रा सा बच्चों को ही तो देखना होता है। उनकी बिखरी हुई चीज़ें अपनी जगह पर रखना। वो ऊधम भी तो बहुत मचाते हैं। या फिर खाना बनाना, सौदा सुल्फ़ ले आना या दीगर ख़रीदारी वग़ैरा करना। छोटे-मोटे घरेलू कामों के लिए बिजली वाला या नल-वल ठीक करने वाला बुलाना। मुझे कहीं जाना तो होता नहीं। आराम से घर में

काम करती, अपने सामने सब ठीक-ठाक करवाती रहूंगी तो मेरा वक़्त गुज़रता जाएगा। मुस्तइ'द रहूंगी तो तंदरुस्त रहूंगी। वो नौकर के सख़्त ख़िलाफ़ हैं। कहते हैं बड़े शहरों में छोटा नौकर रखना भी ख़तरा मोल लेने के बराबर है। वो बहुत अक़्लमंद हैं उन्हें हर बात का तजुर्बा है। अब भला मैं घरेलू औरत ये सब क्या जानूं। मुझे करना ही क्या होता है ऐसा। झाड़-पोंछ लिया। कपड़े सँभाल लिये। मिनी का दूध, Nappi es वग़ैरा। मुन्ने की किताबें खिलौने वग़ैरा देख लिये। उसका होमवर्क करा लिया। बस और क्या। पता नहीं चीज़ें बार-बार क्यों बिखर जाती हैं और उन्हें ठीक करने में इतना वक़्त क्यों लगता है।और फिर ये वक़्त कैसे इतनी जल्दी गुज़र जाता।

वो बहुत मसरूफ़ रहते हैं ।

और मैं सारा दिन घर में ही गुज़ारती हूँ। फिर भी ये तीन दिन जो इस गर्मी से दूर एक ख़ूबसूरत मुक़ाम पर गुज़रेंगे, मेरे अपने होंगे। और बच्चे नई जगह में मह्व रहेंगे। न बावर्चीख़ाना, न ख़रीदारी। सिर्फ़ ख़ूबसूरत पहाड़, रंग-बिरंगे परिंदे और मीठी-मीठी उनकी बोलियाँ, बड़े-बड़े दाँतों वाले बंदर और काले मुँह और लंबी दुम वाले लंगूर। हरी-हरी घास

और ख़ुश-रंग फूलों पर मंडलाती नीली-पीली तितलियाँ। चाँदनी-रात और ना आलूदा आसमान के बेशुमार तारे। तूलूअ' और ग़ुरूब-ए-आफ़ताब का शफ़क़-गूँ असमान। ठंडी-ठंडी हवाएं और भीगी-भीगी रुतें। पल-पल आँख-मिचोली करती हुई धूप की किरनें। और न जानें क्या-क्या। ये सब मैं अपनी मर्ज़ी से देखूँगी,महसूस करूँगी। ये बहत्तर घंटे मेरे अपने होंगे।ओह... कितना सुकून मिलता है इस तसव्वुर से ही मुझे। उसे महसूस करूँगी तो कैसा लगेगा। मेरे मन में गुदगुदी सी होने लगती है। ज़िंदगी सहल-सहल सी मालूम होने लगती है।

मैं हफ़्ता भर पहले ही सफ़र की तैयारियों में लग गई। इस झुलसती गर्मी से तीन दिन दूर। बहुत होते हैं तीन दिन। ये तीन दिन मुझे पूरी तरह से Recr eat e करेंगे।

सफ़र पर जाने की शाम मैंने सबकी पैकिंग की। रात के दो बज गए ये सब करने में। सुबह हमें हिमालयन क्वीन पकड़नी थी छः बजे से पहले। इसके लिए हमें घर से 5 बजे चलना होगा। और फिर मुझे चार बजे उठना होगा। ये बिस्तर में चाय पीने के आ'दी हैं । इन सब के तैयार होने से जो

चीज़ें बिखरेंगी उन्हें समेटना होगा। मसहरियाँ भी ठीक करना होंगी। कामवाली तो उस वक़्त होगी नहीं। सब सफ़ाई वग़ैरा कर के ही निकलना होगा।

बाहर से लौट कर उन्हें गंदा घर अच्छा नहीं लगता।

फिर दरवाज़ों खिड़कियों की कुंडियाँ चट्ख़्नियाँ अच्छे से देखना-भालना,ताले-चाबियाँ नल बिजलियां वग़ैरा देखना। सब कुछ मुक़फ़्फ़ल करना। वो कहते हैं कि ये सब काम मैं ही बेहतर तरीक़े से कर सकती हूँ और मुझे ही करना है कि ये उनके बस की बात नहीं ।

दूसरी सुबह कुछ सोते कुछ जागते हम रवाना हुए और दोपहर को कालका पहुंच गए। वहां से शिमला के लिए टैक्सी ली। मन्नू को इन घूमते बल खाते रास्तों में उबकाई हो जाती है। वो सारा रास्ता उल्टियां करता रहा। मैं उसका सर थामे रखती, मुँह पोंछती, गिरेबान साफ़ करती रही।

वो अगली सीट पर शायद सो रहे थे... पहाड़ी रास्ते इतने दिल मोहने वाले थे कि सब तकान भूल कर मैं उन ऊंचे-ऊंचे पेड़ों को ढलवानों, घाटियों को देखने लगी। कोई साढ़े तीन घंटे का सफ़र था। बूँदें

पड़ने लगी थीं। जहां-जहां गाड़ी बढ़ती ज़रा सा रास्ता छोड़कर वहीं पर बारिश पड़ने लगती। बादल हमारे ही रुख पर तैर रहे थे। हमारे साथ-साथ चल कर मेंह बरसाते जाते। दोनों बच्चे मेरे दो काँधों पर सर टिकाए सो रहे थे। शायद इस तरन्नुम को लोरी समझ कर जो बारिश के क़तरों के खिड़कियों के शीशों से टकराने से पैदा हो रहा था। उन्हें मीठी नींद आ गई थी। ये मंज़र इस क़दर दिलकश था कि मेरी बोझल पलकें भी बंद न हो पा रही थीं । ज़ोरों से बरसता हुआ पानी सामने के शीशे पर छा जाता और गाड़ी में लगा वाइपर उसे पलक झपकते में पोंछ लेता और इतने ही अ'र्से में उसकी जगह और पानी ले लेता और फिर उसी तरह पोंछा जाता। दोनों तरफ़ के शीशों पर भी बूँदें टकरा-टकरा कर फिसल रही थीं। बारिश सीधी, आड़ी, तिरछी जाने कैसे कैसे बह रही थी। एक तरफ़ पहाड़ियां एक तरफ़ जंगल और अगर जंगल की तरफ़ देखें तो बारिश आसमान से लेकर ज़मीन तक बरसती हुई पानी की हज़ारों निहायत तवील धारों की शक्ल में रवां नज़र आ रही थी। ऐसा मा'लूम हो रहा था जैसे हम ख़ुद ऊपर से नीचे पानी के बेशुमार धारें बरसा रहे हों।

गाड़ी के अंदर हल्की-हल्की गर्मी थी। बाहर हवाएं, सर्दी और बारिश और तन्हा बल खाती सुरमई तवील सड़क... मुझे नींद आ रही थी... मंज़र को निहारना अच्छा लगता था मगर तकान के बावजूद मैंने ख़ुद को सोने से रोके रखा ताकि मोड़ों पर मुड़ते वक़्त बच्चों को कहीं चोट ही न लग जाये।

ये जगह शिमला से आगे थी। बीचों बीच जंगल के। वैसे यहां सब कुछ जंगल के दरमियान ही था। मगर यहां क़ुदरती हुस्न अपने शबाब पर था। छोटी सी पहाड़ी के ऊपर ये ख़ूबसूरत सा होटल। पहाड़ी के शुरू में मुख़्तसर-सा बाज़ार... सब ख़ूबसूरत था।

टैक्सी से उतरते ही ताज़ा हवा के मुअ'त्तर झोंकों ने हमारा इस्तिक़बाल किया। इस ख़ुशबू में जंगली दरख़्तों की सोंधी-सोंधी महक भी शामिल थी और मुख़्तलिफ़ क़िस्म के फूलों की खूशबूएं भी, जो बाग़ीचे में चारों तरफ़ और दरमियान में निहायत सलीक़े से उगाए गए थे। उसमें ईस्तादा बड़े से अखरोट के पेड़ पर एक मैना अपनी पीली चोंच वा किए चहक रही थी। बारिश थम चुकी थी, निखरे नीले आसमान पर बादल के दूध ऐसे सफ़ेद टुकड़े इधर-उधर टँगे हुए थे। सुरमई पंखों और पीले पेट

वाली एक मुन्नी सी चिड़िया यहां से वहां उड़ रही थी। आसमान पर क़ौस-ओ-क़ुज़ह उभर आया था। बच्चों ने पहली बार धनक को देखा तो बहुत ख़ुश हुए। आस-पास हद-ए-नज़र तक धुला-धुलाया सा मंज़र। नहाए नहलाए से पेड़, सजे-सजाये शर्माए-शर्माए से फूल। हरी-हरी घास पर अठखेलियाँ करती हुई रंग-बिरंगी तितलियां। नीला-नीला आसमान देखकर गुनगुनाती हुई मैना... ये मंज़र जाने कहाँ ले गया।

कमरे में पहुंच कर मैंने सब के कपड़े Unpack कर के अलमारी में लटका दिये। बच्चों को हाथ मुँह धुलाने ग़ुस्ल-ख़ाने में ले जाने लगी तो देखा कि बादल अंदर घुसे आ रहे थे, खिड़की के रास्ते। इससे पहले कि मैं इस होश-रुबा मंज़र में मह्व हो जाती, मैंने बादलों से दरख़ास्त की कि कुछ और देर ऐसे ही ठहर जाएं। मैं बच्चों से फ़ारिग़ होलूँ कि मैं ये सह्र-आगीं मंज़र पहली बार देख रही हूँ।वो बालकनी में खड़े सिगरेट फूंक रहे थे।

खाना खाते शाम हो गई। शाम से मुझे इश्क़ रहा है। चौबीस घंटों में शाम ही है जो मुझे अपनी सी लगती है। फिर पहाड़ों की शाम की बात तो कुछ

और ही है। मैं बालकनी में बैठ कर बादलों को अपने चेहरे पर अपने हाथों पर महसूस करना चाह रही थी कि मैं तीन दिन के लिए बादलों के पास इतनी ऊंचाई पर चली आई थी। वहां बैठ कर ज़रा सा वो मैगज़ीन देखना चाह रही थी जो मैंने स्टेशन पर ख़रीदा था... मगर...

मगर उनकी सिगरेट ख़त्म हो गई थी और होटल में वो ब्रांड नहीं था। उन्होंने मुझे ही भेजना मुनासिब समझा। कहने लगे कि बच्चों को भी साथ ले जाऊं बाज़ार। रास्ता भी देख लूँगी और सैर भी हो जाएगी। वो जब तक बालकोनी में बैठ कर मैगज़ीन देखेंगे। उन्होंने आहिस्ता से मेरे हाथ से रिसाला लेते हुए समझाया था।

बाज़ार दूर से नज़र आ रहा था। हमारे चलते वक़्त आसमान फिर अब्र आलूद था। मगर बूँदें इतनी बारीक-बारीक बरस रही थीं जैसे छलनी में से छन कर गिर रही हों। हम ढलान तय कर के चौड़ी सड़क पर पहुंचे ही थे कि बारिश अचानक तेज़ हो गई। और हम सब एक दुकान के छज्जे तक पहुंचते पहुंचते बुरी तरह भीग गए। कुछ देर बाद जब बारिश ज़रा कम हुई तो जल्दी से सिगरेट और कुछ

बिस्कुट वग़ैरा लेकर मैं गुड़िया को गोद में लिए मन्नू की उंगली थामे ऊपर चढ़ाई चढ़ने लगी। सर्द हवा बदन को छूती हुई लिबास के आर-पार हो कर गुज़र रही थी। मगर मैं पसीना-पसीना हो रही थी। सांस बे-तरतीब चल रहा था। मन्नू भी बार-बार रुक रहा था। अगर वो ज़रा सा ढलान तक आ जाते तो गुड़िया को सँभाल लेते या मन्नू को ही सहारा देकर ऊपर ले जाते।

हाँपते काँपते जब हम ऊपर पहुंचे तो वो मसहरी पर नीम दराज़ गर्म-गर्म चाय पी रहे थे। टीवी ऑन था। कोई पुरानी फ़िल्म आ रही थी। फ़िल्म की हीरोइन एक नन्हे से बच्चे को पीठ पर बाँधे, कुदाल से पत्थर ऐसी सख़्त ज़मीन खोद रही थी। वो निहायत पुरसुकून थे। उन्होंने हम लोगों की तरफ़ देखे बग़ैर सिगरेट के लिए हाथ बढ़ाया।

मैंने जल्दी से बच्चों के बाल पोंछ कर उनके कपड़े तब्दील किए और फिर अपने। गुड़िया की कपकपाहट बढ़ती जा रही थी। मैंने उसे कम्बल ओढ़ा कर उनके बराबर लिटा दिया। कुछ देर बाद वो बोले कि गुड़िया को बुख़ार आ रहा है। छुवा तो वो तप रही थी। मैंने उसे और मुन्नू दोनों को क्रोसीन

सिरप का एक-एक चम्मच पिला दिया। उसके नाज़ुक से नन्हे वजूद को सर्दी हो गई थी। उस दिन पूरी रात वो बेचैन रही। मैं बीच-बीच में दवाई भी पिलाती रही। ठंडे पानी की पट्टियाँ भी करती रही। सुबह के वक़्त जब उसका बुख़ार कम हुआ तो वो सो गई।

यहां तो यूं भी मुझे कोई काम नहीं। नींद आएगी तो दिन में भी सो सकती हूँ। मगर मैं सो कर इस हसीन मंज़र की तौहीन नहीं करना चाहती और न ही आने वाले दिन को नींद के हवाले कर के ज़ाए' करूँगी। मैं इसे महसूस करना चाहती हूँ। मैं हरगिज़ न सोऊँगी।

सह्र होने को थी मगर अभी बाहर घुप्प अंधेरा था। क़रीब ही किसी पेड़ पर कोई परिंदा गा रहा था। इतनी सुबह या'नी सुबह से भी पहले। ये कौन सा परिंदा गा सकता है। इतना मीठा नग़मा। एक मुसलसल गीत। सुर और लय से भरपूर। मैं उठकर खिड़की तक आ गई। मैंने अंधेरे में ग़ौर से देखा। स्याही माइल नीले परों और पीली चोंच वाली मैना घास पर इधर-उधर कभी चल कर कभी फुदक कर चहलक़दमी कर रही थी और कभी रुक कर सर

ऊपर उठाए इस सुरीले नग़मे का अलाप कर रही थी जो इस गहरे सुकूत को तोड़ कर रूह की गहराइयों में घुला जा रहा था। ये मंज़र इतना होश-रुबा था कि मेरे पांव खिड़की के पास जैसे कि मुंजमिद हो गए। सुबह-ए-काज़िब के नए-नए मुतवक़्क़े' इसरार से महज़ूज़ होने के लिए मैं वहीं खड़ी रही। ज़रा सी देर में पौ फटा चाहती थी। मैना असल में इतनी सुबह बाग़ीचे में एक ज़रूरी काम के सिलसिले में उतरी थी वर्ना वो डाल पर भी तो गा सकती थी। वो इन नन्ही-मुन्नी बीर बहूटियों के लिए पैग़ाम-ए-अजल लेकर नमूदार हुई थी जो घास के एक मुन्ने से तिनके की ओट में कुछ घंटों की ज़िंदगी गुज़ारा करती हैं। छोटे-छोटे कीड़े-मकोड़े वो शौक़ से खाया करती है। पहरों घास पर इधर-उधर घूम कर उन्हें तलाश करती थक जाती तो उड़ान भर कर पास के पेड़ पर बैठ कर नग़मा छेड़ देती। जैसे कोई मुख़्तलिफ़ सुरों में सीटियाँ बजा रहा हो और साथ ही चहक भी रहा हो। कुछ सीटियाँ एक चहक, फिर सीटियाँ फिर चहक...

रोशनी फैलने लगी थी। परिंदे जाग गए थे। किसी शाख़ पर भूरे सुरमई परों और फुर्तीले जिस्म

वाली कस्तूरी लहक-लहक करगा रही थी. पी... पी... पी... पिव... पिव। कई तरह की मुख़्तलिफ़ बोलियाँ बोल रहे थे परिंदे। कई तरह की बुलबुलें गा रही थीं।

कुछ ही देर में धुंद ने सारे मंज़र को अपनी लपेट में ले लिया। दरअसल ये धुंद नहीं थी, ये बादल थे जो हमें मैदानी इलाक़ों में बहुत ऊपर फैले हुए नज़र आते हैं वर्ना अगर ये सिर्फ़ धुंद होती तो सिर्फ धुंद ही होती। साथ में बारिश भी होने लगी थी। परिंदे ख़ामोश से हो गए थे। मगर वो मैना अब भी घास पर भीग-भीग कर घूम-घूम कर नग़मे गा रही थी। न वो भीगने से घबराती न सर्दी से। जी चाह रहा था कि नीचे बाग़ीचे में उतर कर मैं भी ज़रा सा टहल कर थोड़ा सा भीगूं और इस धुली धुलाई निखरी नहाई सुबह को अपनी रूह में उतार लूं मगर मुसलसल कई घंटों की तकान और शब-बेदारी ने मेरे पांव मन मन भरके कर दिए। आँखें ख़ुद बख़ुद बंद होने लगीं, में वापस मसहरी पर आ गई।

छत के ऊपर ज़ोरों की खड़खड़ाहट से मेरी आँख खुल गई। खिड़की से झाँका तो धूप चमक रही थी और टीन की छत पर उछलते कूदते बंदरों का साया

बाग़ीचे की घास पर साफ़ दिखाई दे रहा था। वो कमरे में नहीं थे। शायद मन्नु भी उनके साथ गया था।

गुड़िया चुप-चाप सो रही थी। नन्ही सी जान को बुख़ार ने कुम्हला कर रख दिया था। उसका फूल सा चेहरा मुर्झा गया था। वो पीली पड़ गई थी, होंट सूखे हुए थे। अगर ठीक होती तो अपने क़द के बराबर हर चीज़ का वो भरपूर जायज़ा ले चुकी होती कि अभी-अभी खड़ा होना सीखा था उसने। ऐश ट्रे जो उसके क़द के बराबर ऊंची मेज़ पर सलीक़े से एक तरफ़ को सज रही थी, फ़र्श पर औंधी पड़ी होती और सिगरेट के बचे हुए टुकड़े कुछ ज़मीन पर होते कुछ उसके मुँह में। जग उल्टा हुआ होता और गिलास गिरा हुआ। दो मिनट में उसके सारे कपड़े भीगे हुए होते और मुझे देखकर हंस-हंसकर कभी मसहरी के नीचे घुसने की कोशिश करती कभी मेज़ के नीचे। और मैं वहां से उसके गोल मटोल मक्खन ऐसे पैरों को खींच कर उसे बाहर निकालती। उसका दहाना साफ़ करती, मुँह से सिगरेट के बचे हुए टुकड़े निकाल कर उसे ख़ूब-ख़ूब प्यार करती...

मगर इस बुख़ार ने उसे निढाल कर दिया था।

मैंने पानी पिलाने के ख़्याल से उसके चेहरे को छुवा। वो अब भी हल्का सा गर्म था। मैंने माथे पर हाथ फेरा। पसीने की वजह से नर्म-नर्म बाल माथे से चिपक गए थे। उसने नहीफ़ सी आवाज़ में मुझे पुकारा। मैंने दो तीन चम्मच पानी पिलाया। उसने मुश्किल से पिया। इस वक़्त भी उसे भूक नहीं थी। कल रात भी उसने कुछ न खाया था। और अब वो बहुत नहीफ़ लग रही थी। इस वक़्त वो कुछ देर के लिए आ जाते तो मैं बाज़ार जा कर कुछ दलिया वग़ैरा ले आती। दवा से कुछ देर के लिए जब उस का बुख़ार उतरता तो मैं उसे दलिया खिला देती। दोपहर हो गई, वो नहीं लौटे। नीचे वो कह गए थे कि मेरा खाना कमरे में भिजवा दिया जाये।

सारा दिन बुख़ार में तप्ती हुई गुड़िया को सीने से लिपटाए मैं ख़ुद भी तड़पती रही। वो भूकी थी तो मुझसे कहाँ खाया जाता कुछ। मैंने वेटर से दूध ऊपर कमरे में मंगवाया था, उसने नज़र उठा कर देखा तक नहीं ।

सुबह मौसम ख़ुशगवार था फिर मा'लूम नहीं कब बादल छाए मतला' अब्र आलूद हो गया। हवा के झोंके ने खिड़की का पट खट से खोल दिया तो मैंने

गर्दन मोड़ कर देखना चाहा मगर उस वक़्त गुड़िया नींद या ग़नूदगी या बुख़ार में मुझे पुकार कर चीख़ी। मैंने हिला कर जगा दिया। पानी के दो चम्मच पिलाए, कुछ बात करना चाही। वो नीम-वा सी आँखों से मेरी तरफ़ देखती रही। मैं मुस्कुराई तो वो भी धीरे से मुस्कुराई। मैं उसका मुखड़ा देख रही थी। हरारत कुछ कम थी। मेरा दिल पुरसुकून होने लगा। अब शायद वो दूध पी लेगी। कुछ ताज़ा सी खूशबूएं महसूस हुईं तो मैंने नज़र उठा कर देखा कि हवाएं कमरे के अंदर चली आ रही थीं। मैंने पहली बार हवाओं को देखा था। पहली बार हवा की ख़ुशबू सूंघी थी। मुझे अपनी क़ुव्वत-ए-शामा और बासिरा पर यक़ीन नहीं हो रहा था। क्या हवा को देखा जा सकता है? हाँ हवा को देखा जा सकता है। जब वो बादलों के बेशुमार ख़ुर्दबीनी ज़र्रात पर सवार हो कर आए। और हवा को सूँघा भी जा सकता है... जब वो जंगल के अ'ज़ीम दरख़्तों के नोकीले पत्तों की सोंधी-सोंधी महक और रंग बिरंगे फूलों और हरी-हरी घास की नमी और ख़ुशबू अपने साथ लेकर चुपके से खिड़की से दाख़िल हो।

कुछ देर मैं इस जन्नत में गुम हो गई जो बग़ैर

बताए कमरे में आकर मुझे सरशार कर गई।

मैंने दो तकीयों की मदद से गुड़िया को बिठा कर चारों तरफ़ से कम्बल ओढ़ा दिया। बाहर ज़ोरों की बारिश हो रही थी। एक मैना उड़ती आई और खिड़की पर बैठ कर गाने लगी। उसे तो बहाना चाहिए गाने का। बादल छाएँ तो गाएगी। बारिश बरसे तो गाएगी, बारिश थम जाये तो गाएगी। सूरज चढ़े तो गाएगी और डूबे तो भी। बल्कि सूरज चढ़ने से घंटों पहले मुँह अंधेरे गाने लगेगी और इसी तरह सूरज ग़ुरूब होने के घंटों बाद तक जब तक घुप्प अंधेरा न हो जाये और कुछ भी नज़र न आ सके, उस वक़्त तक गाती जाएगी। ऐसा भी देखा है कि बिजली कड़कती है और ये चहकती है और बादलों की ज़ोरदार खुरदुरी दहाड़ में भी इसका निहायत सुरीला नग़मा कानों में रस घोलता, गरज को चीरता हुआ सुनाई देता है। मैंने ऐसा ख़ुश-मिज़ाज परिंदा कभी नहीं देखा था। गाती हुई पहाड़ी मैना का नग़मा या उसकी पीली चोंच या फिर स्याही माइल नीले परों की कशिश थी कि गुड़िया उस का मह्वियत से मुशाहिदा करने लगी। मैंने उसकी इसी मह्वियत का फ़ायदा उठा कर उसे चार छः चम्मच दूध पिला

दिया। और ख़ुद चाय के छोटे-छोटे घूँट भरते हुए मैना को देखने लगी। मेरा जी चाह रहा था कि खिड़की से बाहर देखते हुए चाय पियूँ । मगर मैना के उड़ जाने के डर से मैं वहीं गुड़िया के पास मसहरी पर बैठ गई। मेंह ज़ोरों का था। साथ ही मोटे-मोटे ओले भी पड़ रहे थे। मैना कहीं उड़ गई थी। मैंने खिड़की के क़रीब जा कर बारिश के क़तरों को हाथ में लेने के लिए हाथ फैला दिया। बड़ी मुश्किल से एक ओला मेरी हथेली पर रुका। अ'जीब सी ख़ुशी का एहसास हो रहा था। जैसे कि मैं हवा के दोश पर तैर रही हूँ या अपने लड़कपन में कहीं लौट आई हूँ... नहीं लौट आया चाहती हूँ कि दरवाज़े की दस्तक ने मुझे एहसास दिलाया कि मुझे तैरना नहीं आता। वो दोनों बाप बेटे अंदर दाख़िल हुए।

"बहुत मज़ा आया मामा। आप क्यों नहीं आईं हमारे साथ घूमने।" मन्नु मुझसे लिपटते हुए बोला।

"गुड़िया ठीक हो गई?" वो बोले।

"कुछ बेहतर तो है।" मैंने जवाब दिया।

"बहुत थक गए हम। ज़रा रुम सर्विस में चाय के लिए फ़ोन कर दीजिए।" वो बिस्तर पर दराज़ होते हुए बोले। वो वाक़ई थक गए थे कि इस तरह जूतों

समेत बिस्तर पर लेटने का मतलब था कि मैं ही उनके जूतों के तस्मे खोलूं, मौज़े उतारुं।

जूतों मोज़ोंसे फ़ारिग़ हो कर मैंने मुन्ने को नहला दिया।

रात का खाना हम सबने नीचे डाइनिंग हाल में खाया। बाहर आए तो मैंने पहली बार आसमान की तरफ़ देखा था। आसमान पर बेशुमार तारे थे कि शहर के आलूदा आसमान पर तो बहुत थोड़े तारे हुआ करते हैं जो बहुत छोटे दिखाई देने वाले तारे होते हैं, वो मटमैले धुंए के गिलाफ़ के उस पार दिखाई ही नहीं देते। जो नज़र आते हैं वो भी मैले-मैले से और यहां कितना चमकदार आसमान... और एक दूसरा आसमान वो जो ज़मीन पर भी नज़र आ रहा था। रात को पहाड़ियों के ऊंचे नीचे मुक़ामात पर बने मकानात की बिजलियां दूर हवा से हलकोरे खाने वाले अनगिनत पत्तों के पीछे से यूं आँख-मिचोली कर रही थीं जैसे रंग बिरंगे सितारे टिमटिमा रहे हों। बहुत ही लुभावना मंज़र था। ये नज़ारा अगर शाम की सुरमई रोशनी में देखा जाये तो कितना ज़्यादा हुस्न समेट लेगा अपने अंदर। इस वक़्त तो नीला आसमान भी गहरा नीला दिखाई देता होगा। और

पुरशिकोह दरख़्तों के इसरार भी वाज़िह होंगे। तब ये रोशनियां दूर से ऐसी लगती होंगी जैसे दरख़्तों की शाख़ों पर अनगिनत जुगनुओं के झुरमुटों ने डेरे डाले हों।

या उस अंधेरे में ऊंचे लंबे टीलों वाली पहाड़ियों पर यहां वहां जैसे बेशुमार दीये झिलमिला रहे हों। दो दिन तो जाने कैसे गुज़र गए। कल शाम मैं ये मंज़र हरगिज़ ज़ाइल न होने दूँगी। सूरज को ग़ुरूब होता हुआ देखूँगी। इन तमाम परिंदों को पास के सभी दरख़्तों पर ग़ौर कर के तलाश करूँगी जो ये दिल चुराने वाली चहकार जगा कर हमें सुकून की वादीयों की सैर कराते हैं। अपने रूह-परवर नग़मे सुना कर मदहोश कर देते हैं कि हमें अपना आप हल्का फुलका महसूस होता है। सारे ग़म, सारे काम, सारी ज़िम्मेदारियों के एहसास पुरसुकून का एहसास हावी रहता है कि सुकून की अब मेरे नज़दीक वो अहमियत है कि मा'सूम ज़िंदगियों की बेशुमार जरूरतों की फ़िक्र न होती... तो जान के बदले ख़रीद लेती। और ये ख़ुश-रंग-ओ-ख़ुशगुलू परिंदे,बे-दाम मेरी झोली में ये दौलत डाल देते हैं कि ज़िंदगी कोई अच्छी चीज़ मा'लूम होने लगती है।

यूं भी नहीं कि ज़िंदगी मुझे हमेशा झेलनी पड़ती थी, बल्कि मैंने तो ज़िंदगी से ख़ूब-ख़ूब मुहब्बत की थी। ज़िंदगी मेरे लिए हंसी के न रुकने वाले फ़व्वारे, माँ बाप की नाज़ बर्दारियाँ ,नन्हे मुन्ने भतीजों के साथ इश्क़, भाईयों का लाड और भाबियों के साथ सैर सपाटे, शॉपिंग और फिल्मों के इ'लावा पेंसिल स्कैचिंग करना और... पढ़ाई करना तो ख़ैर था ही।

अब तो अख़बार तक की शक्ल देखे हफ़्तों गुज़र जाते हैं ।

वो भी ठीक ही कहते हैं ।

मुझे करना ही क्या है।कोई सोशल लाईफ़ तो मेरी है नहीं। न दोस्त न सहेली। जो अहबाब वग़ैरा हैं तो उन ही की तरफ़ से हैं। उनसे अगर कभी हमारे हाँ मुलाक़ात होती है तो मुझे फ़ुर्सत ही नहीं होती पास ठहरने की। और उनमें से किसी के हाँ वो सिर्फ़ ख़ुद ही जा पाते हैं। उन्हें इस बात से बड़ी कोफ़्त होती है कि वो दोस्तों से बात कर रहे हों और बीच में बच्चे के रोने की आवाज़ आ जाये या बच्चा ज़ोर से हंस पड़े। इसलिए मैं बच्चों को अपने पास ही रखती हूँ। बाहरी दरवाज़े की चाबी साथ नहीं ले जाते वो, उन्हें अच्छा नहीं लगता कि वो ख़ुद से

दरवाज़ा खोल के अंदर दाख़िल हों और मैं सूई हूँ मिलूँ। मैं बैठे-बैठे ऊँघ भी जाऊं तो लेटती नहीं ताकि वो घर लौटें तो दरवाज़ा खोलूं। अब दोस्त के घर जाऐंगे या उनके साथ कहीं जाऐंगे तो ये आधी वाधी रात तो हो ही जाती है। थक भी जाते हैं। उनको कपड़ों की अलमारी के दरवाज़े पर लगे हैंडल पर हैंगर में टंगा शब ख़्वाबी का लिबास पकड़ाना होता है। मोज़े और क़मीज़ वग़ैरा कपड़े धोने की मशीन में डालना। और कुछ कपड़े उसी हैंगर पर डाल कर अलमारी में रख देना। जूते जो ये रैक के ठीक पास उतारते हैं उन्हें उठा कर क़रीने से रैक के अंदर रखना। घर में चार लोग हैं। और फिर मुझे ऐसा करना ही क्या होता है।

बहरहाल कल का दिन मेरे पास है। कल रात की गाड़ी से जाना है। मा'लूम नहीं वो और मन्नू कल कहाँ घूमने गए थे। आस-पास देखने लायक़ मुक़ाम तो होंगे। दिन में कुछ न कुछ तो देख ही सकती हूँ। नाशते से फ़ारिग़ होते ही मैं फ़ौरन पैकिंग कर लूँगी। मगर क्या मा'लूम वो कितने मसरूफ़ हों। उन्हें कहीं जाना हो। मैं कभी कोई प्रोग्राम बना नहीं पाती।

नाशते के बाद जब मैं पैकिंग करने लगी तो

उन्होंने मश्वरा दिया कि ये जो प्लास्टिक की थैली में मैंने बच्चों के मैले कपड़े साथ उठा लिये हैं ,उन्हें यहां ही धो लूं। कहाँ मैले कपड़ों को उठाती फिरूँगी। ठीक ही कहते थे। अब मैं उनको ये कह कर परेशान तो न करती कि ये सूखेंगे नहीं शाम तक, और जब भी थैली में अलग से डालने पड़ेंगे।

ख़ैर मैंने पैकिंग का काम अधूरा छोड़ दिया और कपड़े धोने लग पड़ी। धोते-धोते जाने कब दोपहर हो गई। खाना खाने के बाद वो किसी तरफ़ निकल गए और मैं पैकिंग में लग गई। अटैची बड़ी मुश्किल से बंद हुई। असल में इसमें उनके मिलने वालों के लिए कुछ छोटे मोटे तहाइफ़ वग़ैरा थे। ये एक इज़ाफ़ा था। और बैग में भी भीगे कपड़ों ने एक बड़ी जगह घेर रखी थी। बच्चों को मैंने सफ़र के लिए चाक़-ओ-चौबंद बना दिया। ख़ुद भी तैयार हो गई। वो तो तैयार ही थे। सब सामान पैक हो चुका था बल्कि अपनी-अपनी जगह पर ठुंस चुका था। पाँच बजने वाले थे। शुक्र है सब कामों से निबट तो ली। उधर उधर न सही, आराम से बालकनी पर वो रिसाला देखूँगी जो तीन दिन पहले मैंने ख़रीदा था। इस के बाद ग़ुरूब-ए-आफ़ताब का नज़ारा फिर परिंदे...

इस ख़्याल से मैंने गुड़िया को उंगली पकड़ाई और उसे धीरे-धीरे चलाती हुई बालकनी में पहुंची ही थी कि नीचे सड़क पर वो आते हुए दिखाई दिये। मैं वापस कमरे में लौट आई। वो आते ही कहने लगे कि उनकी जीन्ज़ काफ़ी मैली लग रही है। और ये कि उन्हें जीन्ज़ में ही सफ़र करना अच्छा लगता है। इस लिए मैं ज़रा सा उसे धो लूँ। जीन्ज़ देखने में मैली तो नहीं लग रही थी, बस मोरियों पर ज़रा सी धूल मिट्टी थी जो ब्रश से ब-आसानी साफ़ हो सकती थी मगर वो बहुत सफ़ाई पसंद हैं, कह रहे थे कि मुझे भी गाड़ी का वक़्त होने तक कुछ करना तो है नहीं ज़रा सा उसे धो लूंगी और फिर ज़रा सा इस्त्री से सुखा भी दूँगी। इतना वक़्त है मेरे पास। मैंने प्रेस साथ रखी थी। वो एक-आध शिकन वाला लिबास भी नहीं पहन सकते।

मैंने निहायत मुश्किल से पैक की हुई अटैची खोल कर उन्हें दूसरी पतलून निकाल दी और जीन्ज़ धोने ग़ुस्ल-ख़ाने में घुस गई। डेनिम के मोटे सूती कपड़े की जीन्ज़ पानी में और भी भारी हो गई और मैं हत्तलइमकान इस वज़नी पैंट को उलट-पलट कर धोती गई। हाथों में लेकर रगड़ती गई। कपड़े धोने

का ब्रश तो मेरे पास था नहीं, इस तरह और ज़्यादा साफ़ करने की कोशिश में मेरी उंगली का एक लंबा नाख़ुन आधा टूट गया। जाने कितना वक़्त लगा होगा मगर मैंने उसे आख़िरकार धो लिया। और अब उसे फैलाने से पहले झटकते हुए मेरा पूरा नाख़ुन ही उखड़ गया।

ख़ून की धार बह निकली। दर्द की लहर सी उठी। मैंने उंगली पर टिशु पेपर लपेट दिया। और वक़्त ज़ाए' किए बग़ैर ग़ुस्ल-ख़ाने की खिड़की खोल दी।

अंधेरों को चीर कर आता हुआ सर्द हवा का एक अफ़्सुर्दा झोंका मेरे चेहरे से टकराया। न मा'लूम कब अंधेरा हो चुका था। सारे तुयूर आशियानों में जा छुपे थे। नीले पंखों और पीली चोंच वाली मैना भी ग़ायब थी। उंगली की टीस दिल में से होती हुई रूह में समा सी गई। थकी हुई नज़र मैंने आसमान की तरफ़ उठाई।

सितारा-ए-ज़हरा वसीअ' उल-अर्ज़ आसमान पर अकेला लटक रहा था। दूर पहाड़ियों पर टंगी रोशनियां भी बरा-ए-नाम दिखाई दे रही थीं। हर तरफ़ धुंद ही धुंद थी।

थकी हारी सी मैं कमरे की तरफ़ पलटी, तो

कमरे का मंज़र भी मुझे धुँदलाया सा लगा। ये मेरी आँखों को क्या हो गया है।

जीन्ज़ का इज़ाफ़ी पानी निचुड़ चुका होगा। मुझे उसे इस्त्री से सुखाना भी है वो बहुत नाज़ुक-मिज़ाज हैं। ज़रा सी भी Uncomfortable चीज़ उन्हें परेशान कर देती है।

(5) व्हीलचेयर पर बैठा शख़्स

सादिक़ा नवाब सहर

एयर पोर्ट की शानदार और मशहूर ड्यूटी फ़्री दुकानों में नीले यूनिफ़ॉर्म में काम करने वाली लड़कियाँ ख़रीदारी में मुसाफ़िरों की मदद कर रही थीं। टर्मीनल वन की इंडीगो ए र लाइंस का अभी ऐलान नहीं हुआ था। साइमा दुकान से बाहर निकल कर ज़रा सुस्ताने को और वक़्त गज़ाने को क़तार में जुड़ी हुई कुर्सियों की तरफ़ बढ़ी। एयर पोर्ट की ग्राउंड सर्वस में काम करने वाली लड़कियाँ पूरी आस्तीन के शर्ट और स्कर्ट में पैरों में स्टॉकिन्स और जूते पहने हुए बड़ी चुस्ती के साथ घूम रही थीं। कुछ अमेराती ग्राउंड हॉस्टेस औरतें काले बुर्क़े में अपने कहले चेहरे को समाए हुए आती-जाती दिखाई दे रही थीं। कुछ दूरी पर काली शर्ट पहने हुए सुर्ख़ बालों और नीली आँखों वाला शख़्स दूसरी बार साइमा को देख कर मुस्कुराया था। वो सर-ता-पा थर्रा गई। इसकी आँखों के आगे भोले हुए मंज़र नाचने लगे। वो अपने ख़्यालों में दूर तक चली गई। अब इसके सामने मर्द

नहीं एक बुर्क़ा पोष औरत थी। वही औरत जिसका पीर इसकी अपनी गैलरी से कूदते हुए फिसल गया था। वो अपाहिज औरत... वो थर्रा गई...

वो दिसम्बर के ख़ुशगवार मौसम की एक रात थी। दस बज रहे थे। साइमा अपने दोनों बच्चों को कमरे में बिस्तर पर लेटी कहानी सुना कर सुला रही थी। कहानी के तौर पर वो उन्हें हर रात किसी न किसी पैग़म्बर का क़िस्सा सुनाती। आज वो यूसुफ़ अलैहिस्सलाम का क़िस्सा सुना रही थी।

और... उनके ग्यारह भाइयों ने उन्हें सूखे कुँवें में डाल दिया... वो बिलकते रहे। फ़रियाद करते रहे... मगर भाइयों के कानों पर जूँ तक न रेंगी।

तो क्या अम्मी उनके भाइयों के सरों में जुएँ हो गई थीं?, चार साला छोटी ने हैरानी से माँ से पूछा। साइमा हँसने लगी।

अरे कानों पर जूँ न रेंगना तो मुहावरा है ना बेटा!

और अम्मी कुँवें में गिरकर उनके चोट नहीं आई?, छोटी ने फिर पूछा, और उनके भाइयों को पुलिस पकड़ कर नहीं ले गई?

छोटी के सवाल हैं कि ख़त्म ही नहीं हो रहे हैं,

अम्मी! आप आगे की कहानी सुनाइए।, सात साला बड़ी ने ज़रा चिड़कर मां से कहा।

उसी वक़्त धन... धन की आवाज़ ने उन्हें चौंका दिया। आवाज़ किसी चीज़ को हाथों से पीटने की थी और बहुत क़रीब से आ रही थी। साइमा इधर-उधर देखने लगी। उसका ध्यान क़िस्से से हट चुका था।

बाक़ी क़िस्सा कल सुनाऊँगी। सुबह स्कूल जाना है ना!, बच्चों को बल्ब की मद्धम रौशनी में ऊँघता छोड़ कर साइमा ड्राइंग रूम में आई। दुबई की नाइट लाइफ़ बहुत मसरूफ़ होती है। क्लब, डिस्को और पता नहीं क्या-क्या! बालकनी में पीछे से आने वाली रौशनी की वजह से साइमा को वहाँ बालकनी में कुछ साफ़ कुछ धुँधला-सा एक हयूला नज़र आया। ड्राइंग रूम की हल्की नीली लाइट की रौशनी में उसने बालकनी में ग़ौर से देखा। उस वक़्त कोई यहाँ, इस बालकनी में!' उसे किसी आसमानी आफ़त का गुमान सा हुआ। ग़ौर से देखा तो महसूस हुआ जैसे कोई औरत नमाज़ का दुपट्टा ओढ़े खड़ी हो। बालकनी की काली काँच पर हथेलियों की गोलाइयों में चेहरा रखकर उस हयूले ने बालकनी से अंदर ड्राइंग रूम में झाँका। साइमा ने सख़्ती से पूछा,

कौन हो तुम...? कौन हो?, साइमा ने कुछ और हिम्मत कर ली और बालकनी का स्लाइडिंग डोर ज़रा सा सरकाकर बालकनी में देखा और अपना सवाल मुकम्मल किया, और यहाँ कैसे आई हो?

आपके पड़ोस में रहती हूँ और अपनी बालकनी की दीवार फाँद कर आई हूँ। सामने से बड़ी सादगी के साथ जवाब मिला।

साइमा ने ट्यूब लाइट ऑन कर दी और दूधिया रौशनी में उसे ग़ौर से देखने लगी। दुबली पतली... काले रंग का बुर्क़ा पहने हुए, वो अपने हाथों में बैग और चप्पल लिए खड़ी थी। तक़रीबन पाँच फ़िट की ही होगी। बीस बाईस साल से ज़्यादा बड़ी नहीं लगती थी।

प्लीज़ आप मुझे अपने घर में से होकर जाने दीजिए।, उसने गिड़गिड़ाते हुए कहा।

मेरे घर से? तुम अपने घर के दरवाज़े से बाहर क्यों नहीं निकलीं?

मेरा शौहर बड़ा ज़ालिम है, बहुत मारता है मुझे। दिन भर मुझे घर में बंद रखता है। किसी से मिलने नहीं देता। ताला लगा कर बाहर जाता है... आज भी दरवाज़े पर बाहर से ताला लगा कर ही काम पर

गया है...

अरे ऐसे क्यों? वो पागल है क्या?

हाँ। अब प्लीज़, मुझे अंदर ले लीजिए।

मैं तुमको ऐसे कैसे अपने घर के अंदर अपनी बालकनी से आने और फिर घर से गुज़र कर अपने मेन डोर से निकल कर जाने दूँ...! ये अच्छी रही... ये कौन सा रास्ता है बाहर जाने का? और फिर... मैंने तो तुमको कभी देखा तक नहीं है... तुम हो कौन? साइमा ने हड़बड़ाते हुए कह तो दिया मगर ख़ुद उसे अपना सवाल ही अजीब सा लगा।

मैं आपको बताती हूँ ना! चोर नहीं हूँ मैं! इक़रा नाम है मेरा।

साइमा के शौहर हमीद, किचन में दरवाज़ा भिड़े खाने की मेज़ पर लैपटॉप खोले काम कर रहे थे। हॉल में अक्सर साइमा के सास बहू वाले सीरियल जो चलते रहते थे। बातचीत का शोर सुन कर बाहर ड्राइंग रूम में चले आए। उन्हें देख कर तो इक़रा की दरख़्वास्त और तेज़ हो गई।

प्लीज़ मुझे अंदर तो आने दीजिए। अब अगर मेरा शौहर आ गया और मैं यहाँ मिली... तो वो मुझे जान से मार देगा।

अपना फ़ोन नंबर दो मुझे। हमीद के साथ से साइमा की हिम्मत बढ़ गई।

मोबाइल नंबर? क्यों शीशे में से आपको मेरी आवाज़ साफ़ सुनाई नहीं देती क्या?

..., साइमा ने जवाब में उसे घूरा।

अभी देती हूँ ना...!, वो हड़बड़ा कर बोली।

तो दो ना!

मगर अपना नंबर तो मुझे याद नहीं।

ये लो मेरा नंबर... 5... 7... 4... 5... 5 तुम मुझे काल करो। साइमा की बात अधूरी रह गई। उसके मोबाइल की घंटी बजी और बंद हो गई। अपने मोबाइल में इक़रा का नंबर देखकर उसे ज़रा इतमीनान हुआ।

देखिए, आप मुझे जब कभी काल करें तो सिर्फ़ एक रिंग बजाया करें।

वो क्यों?

दो रिंग बजने पर मेरा काल मेरे शौहर के फ़ोन पर डाइवर्ट हो जाता है और वो उसे उठा लेता है।

साइमा को इक़रा सहमी-सहमी सी लगी थी। पता नहीं सच्ची है कि अदाकारी कर रही है। अक्सर इतनी रात गए... वो शौहर से अपनी तश्वीश धीरे से

ज़ाहिर करने की कोशिश कर रही थी।

अरे भाई! इसको अंदर तो लो। हमीद इक़रा की परेशानी देख कर साइमा की बात काटी और बोले।

साइमा ने सलाइडिंग विंडो खोल कर इक़रा को हॉल में लिया और उसे सोफ़े पर बैठने का इशारा करते हुए पूछा,कहाँ जाओगी? कैसे जाओगी?

..., वो ख़ामोशी से सोचने लगी।

माँ-बाप कौन हैं तुम्हारे? और कहाँ रहते हैं?

मेरी माँ का नाम अमीना है और वो हैदराबाद के चार मीनार इलाक़े की हैं।

और तुम्हारे वालिद?

बाप अरबी हैं।

साइमा ने ग़ौर से देखा। आपने दुबई में अरबों की दो क़िस्में देखी थीं। पहली ख़ूबसूरत और गोरे अरबों की और दूसरी साँवलों की। उनमें ज़्यादातर बद्दू बलूची ही थे। ये लड़की अपने गेहुवें रंग और नैन नक़्श से अरबी तो नहीं दिखाई दे रही थी, अलबत्ता साफ़ उर्दू बोलते हुए हिंदुस्तानी ज़रूर लग रही थी।

क्या नाम बताया था तुमने अपनी माँ का?

अमीना।

वही अमीना, जिसकी शादी एक साठ साल के बूढ़े अरब से हो रही थी और जिसे एअर पोर्ट से बचा लिया गया था? उसने पूछा।

आप को पता है उस अमीना के बारे में?

वो तो बड़ा मशहूर क़िस्सा है। इक़रा की आँखों में मशहूर और जानी पहचानी होने की चमक आ गई।

हाँ, उसी अमीना के पड़ोस में मेरी अम्मी भी रहती थीं। अम्मी की शादी भी... वैसे ही... एक पचास बरस के अरब से हुई थी... मेरा ननिहाल भी हैदराबाद के चार मीनार के पास की बस्ती का बहुत ग़रीब कुनबा था... बस अम्मी ने शिकायत नहीं की और यहाँ आ गईं और उन्होंने शिकायत की और पुलिस एक्शन हुआ।

किस मुहल्ले की हैं वो?

मुझे ठीक से याद नहीं... वो सोचने लगी फिर बोली, अम्मी ने बताया तो था बार्क्स...! एक मिनट, मैं ज़रा अपनी अम्मी से बात कर लेती हूँ। बात करते-करते इक़रा ने अपनी माँ को फ़ोन लगा लिया था।

नहीं-नहीं अम्मी..., मैं आइन्दा ऐसे नहीं करूंगी।

मुझे बुला लो। कान से मोबाइल चिपकाए वो तड़प उठी थी।

ज़रा पानी पिला सकती हैं? मोबाइल बंद करके इक़रा ने ठंडी साँस ली।

साइमा पानी लेने किचन में गई। उसने पानी का ग्लास भरा ही था कि दरवाज़े की घंटी की आवाज़ सुनाई दी।

मेरा शौहर आ गया। इक़रा ने घबरा कर अंदाज़ा लगाया और बोली। फिर जल्दी से उठ कर वो पास के कमरे में घुस गई। उसे अपनी ख़्वाब-गाह में घुसते देखकर साइमा भी परेशान हो गई और उसके पीछे अंदर लपकी।

मैं देखता हूँ। हमीद ने कहा और बीवी को इक़रा के पीछे ख़्वाब-गाह में दौड़ते देखा तो इतमीनान का साँस लिया, शुक्र ख़ुदा का! उसके मुँह से निकला, अच्छा हुआ कि में बे-ख़्याली में इक़रा के पीछे बेड रूम में नहीं भागा... पता नहीं साइमा उसका मतलब क्या समझती! मुँह ही मुँह में बड़बड़ाते हुए उसने दरवाज़ा खोला। साइमा ने ख़्वाब-गाह के दरवाज़े से झाँका।

अरे! ये तुम्हारा शौहर... तो नहीं है... पुलिस मैन

है...! हमीद को पुलिस मैन ने इशारे से बाहर बुलाया तो घर पर परेशानी तारी हो गई।

ए! तूने क्या किया कि पुलिस मेरे घर, तुझे ढूंढती हुई आ गई? साइमा भड़क कर इक़रा से बोली।

मैंने क्या किया? बस माँ से फ़ोन पर बात ही तो की थी। इक़रा भी घबरा गई थी।

आख़िर हो क्या रहा है यह? हमीद लौटे तो साइमा ने पूछा।

जब ये अपनी बालकनी से गुज़र कर हमारी बालकनी में कूद रही थी, नीचे से किसी ने उसे आते हुए देख लिया और पेट्रोल पुलिस को ख़बर कर दी। हमीद ने ख़ुलासा किया।

और उस पुलिस मैन ने कुछ किया नहीं? चला गया?

पूछताछ की थी। मैंने उसे बताया कि लड़की का शौहर उसे मारता पीटता है।

क्या कुछ करने का कहा है?

नहीं, वो कहता है, घरेलू मामला है। दुबई में तो ऐसे घरेलू तशद्दुद के मामले बहुत सुनाई देते हैं।

ये अच्छा है! साइमा झुँझलाई।

तभी दोबारा घंटी बजी। दरवाज़ा खुला हुआ था। काला बुर्क़ा पहने हुए एक क़दरे कम रंग की ज़रा भरे जिस्म की औरत तीखे हिंदुस्तानी नैन नक़्श, फैली हुई आँखों की वही हैरानी लिए हुए दरवाज़े में खड़ी थी, जो इक़रा की आँखों में थी... अलबत्ता उसके चेहरे पर ख़ानदानी नादारी की झलक अभी तक बाक़ी थी।

माँ आई हैं। ख़बर देते हुए इक़रा की आँखें चमक रही थीं। साइमा ने उसे घर के अंदर बुला लिया और तजस्सुस के साथ पूछा,

आप हैदराबाद की हैं ना? ख़ातून ने एक नज़र दर्द के एहसास से साइमा को देखा। पूरी ज़िंदगी फ़िल्म की रील की तरह आँखों के सामने से गुज़र गई। उसने साइमा से नज़र चुरा ली और इक़रा की जानिब देखा। फिर दोनों साइमा का शुक्रिया अदा करके एक लम्हा ज़ाए किए बग़ैर दरवाज़े से निकल गईं।

ख़ातून रास्ते भर ख़ामोश थी। उसकी आँखें मंज़र-मंज़र देख रही थीं। 1948 के पुलिस एक्शन के बाद से ही मुआशरे में अफ़रातफ़री का माहौल था। ग़ुर्बत बहुत थी। ए. सी. गार्ड, मौला अली पहाड़,

जहाँ शायरा महलक़ा चंदा बाई ने ख़ुद अपने लिए मज़ार बनाया था। बेरून दबीरपुरा, याक़ूतपुरा, चार मीनार चौक, लाड़ बाज़ार, और मूसा नदी के इऊस पार बार्क्स इलाक़े के पुराने मुहल्ले और कच्ची बस्तियाँ... मिट्टी की दीवारें, कवेलो की छत वाले कच्चे मकान... ज़्यादा ग़रीब लोगों के टाट के पर्दे लगे घर... रिश्ते लगाने वाली औरतें और मर्द... जो हमदर्दी के तौर पर बेटियों की शादी अरबों से करवाते।

काय को नईं देती माँ तो बेटी को... उसका अपना घर हो जाएगा। इसकी वजह से सारा घर खड़ा हो जाएगा।

शौक़ बढ़ा, धंदे बाज़ी बढ़ी। कभी कभार कोई अरब शादी करके अपने साथ भी ले जाता, मगर वहाँ उस लड़की का क्या हश्र होता था, खुदा ही को मालूम! शादी करके बेटी को भूल ही तो जाना था। कुछ मुता और कुछ हलाला के नाम पर भी बरबाद हुईं। दो दिन कभी दो माह... क़लील मुद्दत के लिए मुता करवाया जाता। ख़ुला करवा के या तलाक़ देकर चले जाते। पेट में बच्चा पलता भी तो किसी को क्या था। उसे गिराने का क्या बंदोबस्त नहीं हो

सकता था! इस्क़ात हमल के पैसे घर वालों तक पहुँचे या नहीं... कौन ख़बर लेता...! लालची लोगों ने धनदा बना लिया। ए. सी. गार्ड, ख़ैरताबाद ख़ास तौर पर बार्क्स में, जो हब्शी चाऊशों का इलाक़ा कहलाता। ये चाऊश 'हुज़ूर निज़ाम सरकार' में बड़े अहम थे। ये उनके बॉडीगार्डों में भी शामिल होते थे। कहा जाता है कि चाऊश अरब मुल्कों से बुलाए गए थे। शायद ये लोग नस्लन अरब थे या शायद उन्हीं का सिलसिला, मगर ये ज़रूर है कि ये अरबों के रिश्तेदार समझे जाते हैं। अरबों का वहाँ पहले से आना जाना शुरू था। आपस में शादियाँ हुईं। अक्सर किसी की ख़ाला की पोती तो किसी की बेटी की नवासी किसी न किसी अरब से ब्याही गई।

इक़रा की माँ अमीना भी उनमें से एक थी। रियासतें ज़म हुईं। बेरोज़गारी फैल गई। बार्क्स में अमरूद के बहुत से दरख़्त होते थे। जाम ले लो। टोकरी भर अमरूद साइकल पर रखकर यहाँ के लोग बेचते फिरते। वो साइकल रिक्शा में पर्दा लगाकर याक़ूतपुरा से बार्क्स के चढ़ाव पर एक उर्दू स्कूल में पढ़ने जाती थी। एक जाम वाले लड़के से दोस्ती की ही तो सज़ा थी कि वो स्कूल से छुड़ा दी गई थी...

फिर... अब्दुल्लाह से... अपने से दो गुनी उम्र के मर्द से... एक अरब... से उसकी किसी नंबर की बीवी की हैसियत से शादी और देस निकाला... और अब उसकी बेटी... कितनी पीढ़ियाँ..., इक़रा की माँ अमीना ने अपनी आँखें कलमे की उंगली से रगड़ीं और बेटी का हाथ सख़्ती से थाम लिया।

घर के झमेलों में इस वाक़िए की तफ़सील भूल जाने का साइमा को डर था। पुलिस दोबारा आ जाए तो! कोई बात ज़ेहन से निकल जाए और पुलिस को शक में मुब्तला कर दे तो...! पता नहीं कहाँ ये बातें दोहराने की ज़रूरत पड़ जाए! पता नहीं ये सब कुछ जो आज हुआ था एक आरज़ी वाक़िआ था या किसी आने वाली मुश्किल का पेशख़ेमा...! साइमा ने अपनी डायरी निकाली और आज का सारा वाक़िआ, तारीख़, वक़्त और मुक़ाम के साथ लिखा और बड़ी हिफ़ाज़त के साथ अलमारी के लाकर में रख दिया।

आज कल उसका दिल हर वक़्त सहमा-सहमा सा रहता था। वो ए सी की रेलिंग को पकड़ कर अपनी बालकनी से पैर घुमा कर उनकी बालकनी में किसी चीज़ को पकड़ कर आई थी! बहुत दिन हुए, उसने सुना था उनका पड़ोसी रातों को औरतें लेकर आता

था। लोग कहते थे 'हमने सुना है। मगर किसी ने अपनी आँखों से कभी देखा नहीं था। उसने अब इक़रा से शादी करली होगी! जैसा ख़ुद है, वैसा ही बीवी को समझता होगा! उस दिन जब घर लौटा होगा, उसने सोचा होगा कि 'जब मैं रात को बीवी को घर में लॉक करके गया था तो ये निकली कहाँ से!' यही सब तसव्वुर करके साइमा घबराती। शौहर से कहती, सहेलियों से बात करती। शायद उसी घबराहट की वजह से उसे अजीब-अजीब आवाज़ें सुनाई देतीं। कभी दरवाज़ा खटखटाने की, सरगोशी में उसे नाम लेकर आवाज़ देने की, बालकनी में तो उसने अजीब से चेहरे भी देखे थे जो क़रीब जाकर देखने पर ग़ायब हो गए थे।

उस दिन सुबह नाश्ते के टेबल पर लबन, शहद, डबल रोटी और ज़ातर रखते हुए साइमा ने धीरे से हमीद के ज़ेहन में यही बात डालने की कोशिश की, जिससे बात करो, यही कहता है, मकान मालिक या पुलिस से शिकायत करो।

परदेस में कहाँ झमेले में पड़ें! हमीद तज़ब्ज़ुब में थे।

अब आप शिकायत करने का मन बना ही

लीजिए। ऐसे कब तक चलेगा!

साइमा, हम कितने सालों से दुबई में हैं? हमीद ने अचानक पूछा।

मुझे दस साल हुए, आपको तो पन्द्रह साल हो गए। क्यों!

हमारा इलाक़ा हिंदुस्तानियों, पाकिस्तानियों और फ़िलीपीनों से भरा रहता है, है ना! पड़ोस में पेट्रोल पंप है। पीछे बस स्टेशन है। ज़िंदगी आसान है क्योंकि एक मानूस ढर्रे पर चल रही है... मगर अब... अब तो फ़िक्र हो गई है मुझे...

मुझे यक़ीन है आइन्दा कुछ नहीं होगा... इंशा-अल्लाह... वैसे आपने ग़ौर किया, तीन महीने हुए, कुछ हुआ नहीं है। लेकिन ये कैसे कि अपने ओमानी पड़ोसी ने कभी उस सिलसिले में किसी से कोई बात नहीं की! साइमा कह ही रही थी कि उसके मोबाइल की घंटी बज उठी।

हाँ बेटा! किसी औरत की आवाज़ थी, मैं इक़रा की माँ बोल रही हूँ। ज़रा दरवाज़ा खोलना।

साइमा ने घबरा कर दरवाज़े के पीप होल में से झाँका। वही थी। उसने दरवाज़ा खोल दिया।

मेरी बेटी आपकी बालकनी में खड़ी है। ख़ुदा के

लिए उसे अपनी बालकनी से अपने घर में आने दो। इक़रा की माँ ने गुज़ारिश की तो साइमा का पारा चढ़ गया।

अरे! आप लोगों ने तो रास्ता बना लिया! उसने दरवाज़ा खोला।

प्लीज़! इक़रा की माँ वहीं खड़ी इल्तिजा करने लगी।

आपका जो भी मामला है सुलझा लो भाई! हमें क्यों परेशानी में डालते हो?

आख़िरी बार... इक़रा कह रही है, आइन्दा ऐसा नहीं करेगी। आगे से आपकी बालकनी में नहीं जाएगी। उसका ओमानी शौहर जादूगर है।

क्या बात करती हैं?

हाँ और नहीं तो क्या!

वो कैसे?

अब देखो ना! उस दिन आपके घर से इक़रा हमारे यहाँ आई थी। शौहर का फ़ोन आया। घंटे भर बात की फिर खड़ी हो गई कि जाऊँगी। पता नहीं क्या जादू करता है।

ओह!

साइमा ने हमीद की जानिब देखा। वो बहुत

नाराज़ थे मगर करते क्या! बीवी को इशारा किया कि हॉल की बालकनी का सलाइडिंग दरवाज़ा खोल दे।

साइमा ने बा-दिल-ए-ना-ख़ास्ता इक़रा को सोफ़े पर बिठाया, पानी पेश किया और पूछा, कैसे आती हो? इससे पहले कि वो कोई जवाब देती, उसकी माँ दरवाज़े से अंदर आगई।

ये बदमाश आपको कहाँ से मिल गया? अब साइमा का सवाल उसकी माँ से था।

आपको पता है, कि हिंदुस्तानी माओं की बेटियों की यहाँ अच्छे घरों में शादी नहीं होती...! इक़रा का बाप बूढ़ा था। मर गया, वरना वो किसी अरबी के साथ अपनी बेटी की शादी करवाने की कोशिश ज़रूर करता...

तुम ही अरबी दामाद नहीं चाहती होगी!

ऐसा नहीं है। मुझे भी अच्छा लगता।

क्यों? तुम ऐसा क्यों चाहोगी?

भला मैं क्यों न चाहती कि मेरी बेटी मेरी तरह किसी अरब से ही शादी करे? वहाँ शादी का पूरा ख़र्च लड़का उठाता है ना! शादी के एक जोड़े की क़ीमत एक लाख रूपए होती है... उनके घर भी तो

बहुत ख़ूबसूरत होते हैं और वो हनीमून पर दूसरे मुल्क जाना पसंद करते हैं। बीवी के साथ दूसरे घर वालों से अलग रहते हैं। शहरों में उनके बड़े-बड़े बँगले होते हैं। उनकी औरतें बहुत कम बच्चे पैदा करना पसंद करती हैं। फिर मैं क्यों न चाहती कि मेरी बेटी मेरी तरह किसी अरब से ही शादी करे?

जो इतना ख़र्च नहीं उठा सकता, उसके घर में झगड़े शुरू होते हैं?

हाँ... अरबी औरतें... ये सब बर्दाश्त नहीं कर सकतीं।

फिर तुमने अपने तौर पर इक़रा की किसी अरब से शादी कराने की कोशिश क्यों नहीं की?

वजह ये है कि अब अरबी जल्दी शादी नहीं करते और मुझे इसकी शादी की जल्दी थी। दूसरे... अब एक थालसीमिया नामी बीमारी सुनने में आती है... जिस्म का पूरा ख़ून बदलना पड़ता है। ये ख़ानदान के अंदर ही अंदर बहुत क़रीबी रिश्तों में नस्ल दर नस्ल शादी करने का नतीजा होती है।

फिर अरबी आपस में शादियाँ क्यों करते हैं? साइमा सवालात की बौछार किए जा रही थी।

इसीलिए तो फ़िलिपिनियों और थाईलैंडी या

इंडियन से शादी करते हैं...

क्या सिर्फ़ इसीलिए? साइमा ने उसकी बात काटी मगर उसने बड़ी तेज़ी से अपनी बात को बचा लिया।

मगर अब हुकूमत ने शर्त रख दी है कि दूसरे मुल्क वालों से शादी की तो उसे क़ौमियत नहीं मिलेगी।

मगर इक़रा का मर्द तो फ़ज़ूल है।

इक़रा का बड़ा भाई भी यही कहता है... कि बैठ जा घर... हम हैं... अभी बाल बच्चा भी नहीं... जाती हो, फिर हमसे माफ़ी मांग कर लौट आती हो! इक़रा की माँ एक लम्हा रुकी फिर बात जारी रखते हुए बोली,

तुम लोग हिंदुस्तान क्यों नहीं लौट जाते? साइमा ने पूछा,

अम्मां बावा नहीं रहे।

भाई बहन?

वो भी नहीं रहे। उनकी औलादें हैं मगर पता नहीं कौन कहाँ है? सुना है अब हैदराबाद ने बहुत तरक़्क़ी कर ली है और मेरे घर वाले भी...

यानी तुम्हारा यहाँ आना ज़ाए नहीं गया। वो धीरे से हँसी। फिर ज़रा ख़ामोश हो गई। उसकी आँखों में

उसका आसूदा शहर, घर परिवार झाँकने लगे।

मेरा ब्लड प्रेशर बढ़ गया था। अस्पताल में एडमिट थी। बेटी का फ़ोन आया। कहा लेने आओ तो अस्पताल से सीधे चली आ रही हूँ। इक़रा की माँ ने कहा।

क्यों?

इतना टेंशन जो देती है... अच्छा चलते हैं। शुक्रिया। मैं अपने भाई को नीचे रोक आई हूँ।

एक अर्ज़ी बना लीजिए। इस बार तो बिल्डिंग की सोसाइटी में तहरीरी शिकायत करनी होगी। उन माँ-बेटी के जाने के बाद साइमा ने हमीद से कहा।

कुछ दिन पहले मैंने अर्ज़ी देने की कोशिश की थी मगर मैनेजर ने नहीं ली।

अरे वाह! ऐसे कैसे? साइमा चिढ़ कर बोली। आख़िर कहता क्या है? अर्ज़ी लेने में क्या परेशानी है उसको? ये तो बिल्डिंग की हिफ़ाज़त के लिए है ना! ऐसे कैसे नहीं लेगा? आपने पूछा नहीं? कहता क्या था?

कहता था, अर्ज़ी का तर्जुमा अरबी में करके दो।

तो करवा लीजिए ना! मेरी सहेली...

मैं क्यों करूँ? हमीद ने ख़फ़ा होकर बीवी की

बात काटी, मैं सेक्रेटरी के घर अंग्रेज़ी में अर्ज़ी दे आया हूँ। वो करें, जो करना है।

ज़ुहर की नमाज़ का वक़्त था। आज दोपहर हमीद घर पर ही थे। बच्चों ने भी अभी खाना नहीं खाया था। साइमा किचन में चली गई। हमीद ने मनेजर को फ़ोन किया। अरे भाई पाँच दिन हो गए, अर्ज़ी दिए, क्या हुआ उसका? फ़ोन बंद करते ही साइमा सर हो गई।

क्या कहता है?

कहता है, तर्जुमा हो गया है। मैं आपके घर आता हूँ। अर्ज़ी पर साइन कर दीजिए।

ठीक है, फिर मैं नमाज़ अंदर पढ़ लेती हूँ। साइमा अपनी जानमाज़ उठा कर कमरे में चली गई। उसने इक़रा वाले वाक़िए की जानिब से अपना ध्यान हटाया और नमाज़ पढ़ने खड़ी हो गई। रकअत बाँधते ही नीचे सड़क की तरफ़ से ज़ोर-ज़ोर से चिल्लाने की आवाज़ें आने लगीं। जल्दी-जल्दी सलाम फेर कर वह बालकनी में दौड़ कर गई।

अरे! ये औरत है या बंदरिया! हमीद पहले ही बालकनी में मौजूद थे।

हरे...! मंकी गर्ल!, छोटी ने हल्ला किया।

साइमा ने नीचे सड़क पर नज़र डाली। वहाँ लोगों का मजमा था जो उनकी बिल्डिंग की तरफ़ देख रहे थे। चीख़ पुकार की आवाज़ें सुनाई दे रही थीं।

साइमा ने नीचे झाँका। उनके ठीक नीचे की पहले मंज़िले की बालकनी में इक़रा ए सी की मशीन पर बैठी थी।

रस्सी भी लटकती दिखाई नहीं देती! अल्लाह जाने कैसे उतरी होगी! साइमा को तअज्जुब हुआ।

बताइए हमारी पूरी बिल्डिंग के नीचे तो 'ब्लासम सुपर मार्केट' है, फिर ये कहाँ से यहाँ पहुँची होगी!

हाँ, और पहले मंज़िले पर फ़्रंट के दो फ़्लैट सुपर मार्केट के ही तो हैं।

हाँ, इसीलिए तो समझ में नहीं आता कि किस तरह इक़रा सुपर मार्केट के स्टोर रूम की बालकनी के स्प्लिट यूनिट तक पहुँच गई होगी! तअज्जुब है...! है ना साइमा?

और इस बार भी वो बुर्क़ा पहने हुए है। देखिए ना, हाथ में चप्पल और बैग भी हैं, भागने की पूरी तैयारी के साथ कूदती है।

उसके हाथों के पंजों को तो देखो! कैसे काले दिखाई दे रहे हैं ना?

मुझे तो जली हुई बू भी महसूस हो रही है। साइमा ने झाँक कर देखा। ज़रा झुक कर देखिए, वहाँ धुआँ तो नहीं।

नहीं ऐसा तो कुछ दिखाई नहीं देता।

छलाँग मत लगाना। अचानक इक़रा को झुक कर सड़क का अंदाज़ा करते देख कर साइमा के मुँह से बे-साख़्ता निकल गया। इक़रा ने सर उठा कर बड़े दर्द के साथ उसे देखा।

ब्लासम सुपर मार्केट वालों ने नीचे सड़क पर सीढ़ी लगवाई। सीढ़ी छोटी थी, पहले मंज़िले की बालकनी तक भी नहीं पहुँची। दोबारा भाग-दौड़ हुई। बिल्डिंग के पीछे के पेट्रोल पम्प से लम्बी सीढ़ी मंगवाई गई और इक़रा नीचे उतर आई। कुछ मिनटों बाद वह ब्लासम वालों को कुछ बता रही थी। फिर वो लोग उसे सुपर मार्केट के मेन गेट की जानिब लेकर चले गए।

वो कैसे गई होगी वहाँ? क्या लगता है? साइमा ने पूछा, हैरत है!

हूँ साहब!

कोई कैसे एक फ़्लैट की बालकनी से दूसरे फ़्लैट की बालकनी में कूद जाता है? कमाल है...! तू कहाँ

था? हमीद ने वॉच मैन को बुलाकर पूछा।

बिल्डिंग में कुछ भी हुआ तो मनेजर साहब मुझ ही को डाँटते हैं। वो शिकायती लहजे में बोला। साहब! दोनों गेट भी देखने होते हैं और बिल्डिंग का राउंड लगाना भी...

हमीद को उस ग़रीब बँगलादेशी वॉच मैन से हमदर्दी थी। कभी कभार बीवी बच्चों के हिंदुस्तान जाने के दिनों में वो उसके कपड़े इस्त्री करवा लाता या ज़रूरत का कोई सामान ख़रीद कर ला देता था।

ठीक है, तुम जाओ। आगे से ख़्याल रखना। हमीद ने उसकी चौकीदारी पर उठे सवाल को नज़र अंदाज कर दिया कि ग़रीब फिर डाँट खाएगा।

कुछ देर बाद बिल्डिंग में नीचे पुलिस आई। इक़रा का शौहर और मकान मालिक भी नीचे थे। हमीद भी नीचे उतर गए।

हुआ क्या था आख़िर? लौटे तो बीवी का सवाल तैयार था।

पता नहीं, उसकी माँ आई और उसे गाड़ी में बिठा कर ले गई। सुना है, उसके शौहर को वार्निंग मिली है कि फिर ऐसा न हो।

लोग क्या कहते हैं?

कोई कहता है, इक़रा के मुँह से ख़ून आता था। कोई कहता है, हाथ बाँध कर उसे जला दिया था।

सब अफ़वाहें लगती हैं।

मगर है बड़ी ढीट ये औरत!

उन्हीं दिनों हमीद को सउदी अरब जाना पड़ा। ये प्रोग्राम अचानक बना था।

हमारी सेफ़्टी क्या है, हमीद? साइमा परेशान होकर हमीद से सवाल करती, मैं हमेशा सोचती थी कि ये इमारत तीन मंज़िला है और हम तो दूसरे मंज़िले पर हैं। अगर कोई चोर बदमाश आ गया तो तीसरे मंज़िले पर टेरिस से आएगा या नीचे से। अगर नीचे से आया तो पहले मंज़िले वालों को ख़तरा होगा। हम तो दोनों तरफ़ से महफ़ूज़ हैं... मगर...! अब दिन भर डर लगा रहेगा ना!

वॉच मैन को आवाज़ दे देना...

और रात के वक़्त? क्या रात को भी वॉच मैन को घर बुलाऊँ?

तुम ख़्वाब-गाह का दरवाज़ा लॉक करके बच्चों के साथ अंदर सो जाना। सिर्फ़ दो दिनों की ही तो बात है।

अच्छा है, जुलाई का महीना है। बच्चे गर्मियों की

छुट्टियों में हैं, अगर स्कूल होता तो!

तो क्या होता? बच्चे स्कूल बस में स्कूल चले जाते। हमीद ने हंसकर बात को हल्का कर दिया।

अब तक बात हमारे घर और बिल्डिंग तक ही थी... अब पब्लिक में आ गई है। सुपर मार्केट वालों को पता चल गया था। कितने ही दिनों तक सड़क पर चलते लोग उंगली के इशारे से एक-दूसरे को पहले मंज़िले की बालकनी दिखाते रहे, पता है ना!

मगर अब तो सब ठीक है।

हाँ, लग तो यही रहा है।

फिर ख़ुश रहो ना!

और अपनी किटी पार्टी का क्या करूँ...? दो दिनों बाद हमारी बारी है! और आप हैं कि जा रहे हैं।

भला ख़्वातीन की किटी पार्टी में मेरी क्या ज़रूरत!

अकेली कैसे... साइमा ने हमीद को अपने ग़ैर-महफ़ूज़ होने और तन्हा होने का एहसास कराना चाहा था।

दो दिन बाद की पार्टी को दो दिन पहले कर लो ना! हमीद शायद भाँप गए थे।

क्या कहते हैं? दो दिन बाद की पार्टी को दो

दिन पहले कर लूँ? यानी आज... पार्टी!

उस वक़्त सुबह के साढ़े दस बज रहे थे। साइमा ने फ़ौरन सहेलियों को फ़ोन पर उसी दिन शाम छे बजे की किटी पार्टी की दावत दी और उनके लिए बर दुबई इलाक़े से कुछ तहाइफ़ ख़रीदने के ख़्याल से निकली। डेरा सस्ती शॉपिंग के लिए मशहूर है। अपनी बिल्डिंग के पीछे वाली सड़क पार करके उसने बस स्टेशन पहुँच कर सी वन बस पकड़ी। बस के दाएं जानिब की मशीन में 'एन ओ एल कार्ड' पंच किया। दो दिरहम बीस फ़िल्स, वो हिसाब दोहराती हुई अपनी सीट पर बैठ गई। बस में उसका ज़ेहन परागंदा ही रहा। रह-रह कर उसे फ़ोन पर मिली सहेलियों की इत्तिलाआत याद आतीं और वो सहम-सहम जाती। कल ही तो साइमा को उसकी पड़ोसन सहेली मरियम ने फ़ोन पर बताया था,

पता है, अपने ओमानी पड़ोसी की आज कल नाइट ड्यूटी होती है।

बीवी को घर में लॉक करके जाता होगा!

शायद इक़रा को उसकी माँ के यहाँ छोड़ जाता है।

हाँ सुबह छे बजे उसे हाथ पकड़ कर घर ले

आता है। मैंने देखा है।

पता नहीं, उनका निकाह हुआ भी है कि नहीं। दूसरी दोस्त ने शक ज़ाहिर किया था।

शादी की है? लगता तो नहीं।

की तो है, मगर उसने अपनी शादी के बारे में किसी रिश्दातेर को मालूम नहीं करवाया। मरियम ने जानकारी दी।

तुम्हें कैसे पता?

उसका एक रिश्दातेर, मेरे बेटे की कम्पनी में काम करता है। मरियम ने अपनी कही बात का सबूत पेश किया।

वो तो ठीक है, लेकिन है बहुत शकी। साइमा सहेलियों से इक़रा की पुर-असरार ज़िंदगी के बारे में मालूमात इकट्ठा करती रहती।

आज सुबह बहुत सवेरे कोई जंगली की तरह उनका दरवाज़ा पीट रहा था। अक्सर इसी तरह पड़ोसियों को जगा देता है।

ये लीजिए! मैं तो समझती थी कि ओमानी दरवाज़े की चाबी साथ ले जाना भूल जाता होगा। बीवी सो गई होगी, इसलिए दरवाज़ा पीटता होगा। साइमा बोली।

नहीं, ये ओमानी का भाई था। जो दरवाज़ा पीट-पीट कर चला गया था।

तुमने इस शख़्स को देखा था? साइमा में तजस्सुस जागा।

तुमने कभी देखा नहीं क्या, दोनों की शक्लें कितनी मिलती-जुलती हैं!

हाँ... मेरे शौहर भी ड्यूटी से उसी वक़्त आए थे।

क्या कहती हो!

कमाल है... कोई एक्शन ही नहीं लेता। बिल्डिंग वालों को तो कोई फ़र्क़ ही नहीं पड़ता है। कोई झमेले में पड़ना नहीं चाहता।

मकान मालिक के एक दोस्त ने ये फ़्लैट लिया है और अपने दोस्त को दिया है! सहेली ने साइमा को बताया था। यही ख़्याल और बातें बस स्टॉप पहुँचने तक साइमा के ज़ेहन में गूँजती रहीं।

बस स्टॉप पर उतर कर साइमा ने सड़क पार की। सामने ही लौटने वाली सी वन बस खड़ी थी। पंचिंग मशीन में सतुआ के लिए अपने कार्ड से दो दिरहम, बीस फ़िल्स कटवा कर वो इतमीनान से अपनी सीट पर बैठ गई।

अरे! तुम बग़ैर शॉपिंग किए ही घर लौट आईं...!

ये तो तारीख़ी वाक़िआ है! हमीद के चेहरे पर ज़बरदस्त मुस्कुराहट थी। बच गए भाई!

टी वी पर कोई टॉक शो चल रहा था। साइमा प्रोग्राम से ग़ाफ़िल सोफ़े पर बैठी थी। उसकी आँख लगी ही थी कि एक चीख़ से हड़बड़ा कर उठी। साइमा ने बालकनी से नीचे झाँका। उसके सामने इक़रा का टूटा-फूटा जिस्म था। पथराई हुई आँखें, टूटे हुए घुटने, उधड़ा हुआ बुर्क़ा, पेशानी पर ख़ून की एक लकीर, चेहरे पर ज़मीन की धूल, टूटी-टूटी साँसें, हिचकियाँ लेती लड़की, उसे इस हाल में देख कर साइमा की चीख़ निकल गई।

अम्मी पानी लाऊँ...

आपको क्या हुआ? ख़्वाब में डर गईं क्या? बड़ी माँ को झिंझोड़ रही थी।

अम्मी पानी लीजिए। छोटी ने अपनी स्कूल की वाटर बोतल माँ की जानिब बढ़ा दी।

मम्मी पानी लीजिए ना! डरिए मत हम हैं ना! साइमा ने गहरी साँस ली।

छोटी उछल कर उसकी गोद में चढ़ बैठी। साइमा ने झुरझुरी ली और अपने ख़्यालों से निकल आई। एअर पोर्ट पर चहल पहल बढ़ गई थी। डिस्प्ले

स्क्रीन पर हवाई जहाज़ों की आमद-ओ-रफ़्त की जानकारी दी जा रही थी। साइमा के दिल में प्यार उमड़ आया। उसने छोटी को सीने में जज़्ब करते हुए बड़ी को भी अपने से क़रीब करके उनके गालों का बोसा लिया। कुछ ही फ़ासले पर व्हील चेयर पर बैठा हुआ शख़्स अपनी गहरी निगाहें उसीपर गाड़े था। साइमा ने सोचा, हो सकता है, बूढ़े मुसाफ़िर की निगाहों के साथ उसका ज़ेहन न हो! साइमा का ज़ेहन दोबारा फ़्लैश बैक में लौट गया।

अम्मी, क्या अब हमारा स्कूल भी बदल जाएगा! नए घर में बड़ी बेटी ने साइमा से पूछा था।

स्कूल का क्या मसला है! आप अपने स्कूल में ही रहेंगी और उसी तरह बस से आया जाया करेंगी।

उसी 'ऊद मीठा रोड 'वाले दी इंडियन हाई स्कूल में ना अम्मी?

हाँ,हाँ उसी में!

हुर्रे! हमारी अम्मी ज़िंदाबाद!

अम्मी अब हम किस इलाक़े में रहने लगे हैं? बड़ी ने पूछा।

इस नए इलाक़े का नाम 'रास अलख़ोर' है। तुम्हें अच्छा लगा?

'रास अलख़ोर' सन्अती इलाक़ा था। यहाँ आमतौर पर तीन और चार मंज़िलों की इमारतें दिखाई देतीं। क्रीक पुराने शहर बरदुबई और डेरा को अलग करती है। शारजा में काफ़ी ऊँची चौबीस पच्चीस तीस मंज़िला इमारतें थीं। शैख़ ज़ाइद रोड पर दुनिया की सबसे ऊँची इमारतें थीं और डेरा भी ऊँची इमारतों का इलाक़ा था। शैख़ मुहम्मद ज़ाइद रोड के पास ये नया रिहाइशी इलाक़ा तैयार हुआ था। ये उन्नीस इमारतों की एक कम्यूनिटी थी, जिसका नाम 'सना डेवलपमेंट' था। आमद-ओ-रफ़्त के लिए रास-अल-ख़ैर में ट्रांसपोर्ट की तकलीफ़ थी, इसीलिए कॉलोनी के अंदर मस्जिद और ज़रूरत के सामान के लिए एक सुपर मार्केट भी बना लिया गया था। कम्यूनिटी के बाहर का इलाक़ा, जहाँ ट्रक ठहराए जाते, रेतीला था। दूर होने के बावजूद हाई वे से सीधे-सीधे निकल कर शैख़ ज़ाइद रोड से होते हुए तक़रीबन पच्चीस मिनट में वहाँ से सतुआ पहुँचा जा सकता था। कम्यूनिटी के बाएं जानिब घर से पाँच मिनट की दूरी पर बस स्टॉप था। सतुआ के एक बेड रूम हॉल किचन फ़्लैट के किराए में ही उन्हें यहाँ दो बेड रूम हॉल किचन का घर मिल गया था और फिर

कॉलोनी भी सेफ़ थी। कम से कम चोरों के ख़ौफ़ से निजात तो मिल गई थी। इसके बावजूद साइमा को बच्चों को छोड़ने और लेने वहाँ तक जाना पड़ता। वजह ये थी कि अफ़वाह थी कि गाड़ी रुकवाकर कुछ बदमाश लड़कियों को उठा ले जाते हैं।

नहीं अम्मी! हमारा 'सतुआ' मार्केट एरिया है। बहुत सी दुकानें हैं। पिन से प्यानो तक सब कुछ वहाँ मिलता है। मेरी दूर दराज़ इलाक़े की सहेलियाँ ख़ास कपड़ों की ख़रीदारी के लिए वहाँ जाती हैं।

वहाँ सतुआ में कपड़े महँगे भी तो होते हैं। साइमा ने बड़ी होती बेटी को उदासी से बचाना चाहा।

मगर ख़ूबसूरत भी तो इतने होते हैं ना!

वहाँ आमतौर पर वो लोग रहते हैं, जो सतुआ के पीछे की जानिब वाक़े' शैख़ ज़ाइद रोड या जबल-अली इलाक़ों के ऑफ़िसों में काम करते हैं। फिर तुम्हारा अपना कमरा भी तो हो गया है। है ना! साइमा ने उसे परेशान होने से बचाने की दोबारा कोशिश की।

नहीं अम्मी! यहाँ रौनक़ नहीं है और फिर हमारी अच्छी-अच्छी दोस्त वहाँ रह गईं। अम्मी! क्या कभी दुबई या इंडिया में हमारा अपना घर नहीं हो

सकता? बड़ी ने ज़रा उदासी के साथ कहा।

यहाँ तो मंकी गर्ल है ना! छोटी बच्ची ने आपी और अम्मी की गुफ़्तगू के बीच झट से अपनी फ़रमाइश पेश कर दी, अम्मी, आज आप हमको मंकी गर्ल की कहानी सुनाएंगी ना?

फिर... वही मंकी गर्ल की कहानी...! अब उस बंदरिया को भूल जाओ बेटा!

मगर अम्मी! क्या ये सचमुच की मंकी गर्ल थी? कैसे स्पाइडर मैन की तरह कहीं भी पहुँच सकती थी! इसका कुछ आइडिया है आपको? हमको मंकी गर्ल की कहानी सुनाएं ना अम्मी! छोटी बड़े लाड़ के साथ माँ से चिमट गई।

भूल जाओ डियर, इस नए घर में न किसी मंकी गर्ल की कहानी है और न उसकी बंदर छलांगें! साइमा दोनों बेटियों को एक साथ जवाब देते हुए मुस्कुरा दी।

कुछ लड़के किसी बात पर हँसते हुए एक दूसरे के हाथ पर ज़ोर से ताली बजाते हुए साइमा के पास से गुज़र गए। साइमा ने चौंक कर देखा। एअरपोर्ट की रौनक़ में मज़ीद इज़ाफ़ा हो गया था। साइमा के भतीजे की शादी थी। हमीद अपनी मसरूफ़ियत की

वजह से इंडिया जा नहीं सकते थे। सियाह बुर्क़े के ख़ूबसूरत नग लगे स्कार्फ़ में साइमा अपनी दोनों बच्चियों के हाथ पकड़े उन्हें दुबई के शानदार एअर पोर्ट से लुत्फ़अंदोज़ होते देख रही थी उनकी ख़ुशी छलक पड़ती थी। वो वक़्त से ज़रा पहले पहुँच गए थे। एअर पोर्ट पर, देस बिदेस के रंग-बिरंगे मुसाफ़िर अपने-अपने पहनावे में सहूलत महसूस कर रहे थे। वैसे तो यू ए ई की राजधानी अबूज़हबी है। सात इमारात में से एक ये ख़ूबसूरत शहर, अपने ड्यूटी फ़्री ज़ोन के लिए मशहूर है और कारोबारी राजधानी भी कहलाता है। यूरोप और एशिया के मुल्कों से इसके तअल्लुक़ात काफ़ी अच्छे हैं। न चाहते हुए भी साइमा की नज़र व्हील चेयर पर बैठे उस शख़्स पर पड़ी। वो अब भी गहरी-गहरी पुर-असरार निगाहें उसपर गाड़े हुए था। दर अस्ल सामने व्हील चेयर पर मर्द बैठा नहीं था, कोई औरत थी, बुर्क़ा पहनी हुई। उसके पैर नाकारा हो चुके थे। अचानक साइमा की गैलरी से उसका पैर फिसल गया... ओह...! साइमा ने झुरझुरी ली। व्हील चेयर पर बैठे हुए आदमी ने करवट बदली। वो वाक़ई तकलीफ़ में था। एअर पोर्ट के काउंटर पर खड़ी लड़की को अपने काग़ज़ात देते

हुए साइमा ने क़रीब से किसी को अपना नाम पुकारते हुए सुना। उसे लगा ये उसकी ग़लतफ़हमी है मगर जब दूसरी बार भी दाएं जानिब से अपने नाम की पुकार महसूस हुई तो उसने गर्दन घुमाकर देखा मगर वहाँ तो एक अफ़्रीक़ी, नन्हे से बच्चे को अपने पेट से चिपकाए उसे पुचकार रहा था।

साइमा साहिबा!

अफ़्रीक़ी के लहीम-शहीम जिस्म के पीछे से एक लड़की उसकी जानिब झाँक रही थी। उस लड़की को साइमा ने ग़ौर से देखा। अब वो उनके सामने खड़ी थी।

हाँ... जी-जी... साइमा गड़बड़ा गई।

नहीं पहचाना ना! लड़की मुस्कुरा रही थी, इक़रा हूँ... आपकी पड़ोसन।

मंकी गर्ल! छोटी ने पहचान लिया और जोश के साथ ताली बजा कर ख़ुशी का इज़हार किया।

अच्छा? साइमा की आँखों में पहचान, हैरानी में घुल मिल गई। बड़ी मुश्किल से उसने कहा, तुम यहाँ? एअरपोर्ट में जॉब पर हो?

मर्हबा सर्विस में हूँ। एअरपोर्ट पर मुसाफ़िरों की मदद करती हूँ। व्हील चेयर पुराण साहब को एअरपोर्ट से बाहर ले जा रही थी। इक़रा को कुछ ख़्याल आया

और पलट कर उसने व्हील चेयर पर बैठे उसी बूढ़े शख़्स से ख़िताब किया, नीली आँखों वाला...

सुर्ख़ बालों वाला... एक्सक्यूज़ मी सर!

टेक योर ओन टाइम, ब्यूटीफ़ुल लेडी! उसने अपने सुर्ख़ बालों में उंगलियाँ फेरते हुए हाँ में सर हिला कर जवाब दिया और मुस्कुराया।

ये कैसे हुआ? साइमा ने पूछा।

छूट गई? इक़रा ने दाएं हाथ की कलमे की उंगली अँगूठे से मिलाई और बाक़ी तीन उँगलियों को पीछे की जानिब झटक दिया।

कैसे?

आइडिया, उसने मुस्कुराकर जवाब दिया।

अच्छा?

मुझे आपका बड़ा आसरा मिला था... शुक्रिया! मगर मैं आप लोगों को तकलीफ़ नहीं देना चाहती थी। बस हिम्मत करके अपने घर के दरवाज़े से एक दिन भाग निकली थी। मेरा शौहर उस वक़्त बाथरूम में था। निकला, देखा, पीछा किया मगर मैं अम्मी के घर नहीं गई, सहेली के घर चली गई थी। अम्मी पर कितने दिन बोझ रहती। भाई मुझे हरगिज़ काम करने नहीं देते। अख़बार में वॉक इन इंटरव्यू देखा

और अब यहाँ हूँ।

अम्मी के साथ रहती हो?

नहीं, सहेली का घर शेयर करती हूँ।

और तुम्हारा शौहर? उसने तुम्हें काम करने दिया?

उसके पंजे से निकल आई।

क्या?

क़ाज़ी से निकाह फ़स्ख़ करवा लिया।

आप कितनी ख़ूबसूरत लग रही हैं। छोटी ने दरमियान में बात करके बात का मौज़ू' बदल दिया। वाक़ई इक़रा के चेहरे को मेकअप ने चमका दिया था। नेवी ब्लू पूरे आस्तीन की सुनहरे बटन लगी जैकेट, कोट, पेंट, नीली टोपी में झाँकता हुआ शोख़ सुर्ख़ रंग का स्कार्फ़ पहने वो किसी और दुनिया की मख़लूक़ नज़र आ रही थी। अपने को इन तीनों माँ बेटियों को इतने ग़ौर से देखते देख कर इक़रा ज़रा सा शर्माई और उसने दोनों बच्चियों के रुख़सारों को प्यार से छू लिया और छोटी ने माँ के सामने कई बार दोहराया हुआ अपना सवाल फिर एक बार दोहराने का मौक़ा हाथ से नहीं गँवाया।

आप दीवार कैसे फलाँगती थीं? अम्मी तो कुछ भी नहीं जानतीं। आपही बता दीजिए ना... सच सच

बताइए मंकी गर्ल! इससे पहले कि इक़रा उसे कोई जवाब देती, छोटी को अचानक उससे भी अहम सवाल ने सताया और उसका ध्यान अपने दीवार फलाँगने की टेक्निक जानने वाले सवाल से हटा। उसने माँ को मुख़ातिब किया और पूछा,

अम्मी! मंकी गर्ल से डर कर ही तो हम रास अलख़ोर रहने चले गए हैं ना! मगर अम्मी! अब इस मंकी गर्ल को हमारी उस बालकनी से निकालेगा कौन? कहीं फिसल कर गिर गईं तो इन अंकल की तरह उन्हें भी व्हील चेयर पर बैठना पड़ेगा ना! छोटी आँखें फाड़े दायाँ हाथ सवालिया अंदाज़ में नचाते हुए साइमा के जवाब की मुंतज़िर थी। साइमा ने छोटी को जल्दी से अपने क़रीब कर लिया और वो माँ के लम्स के इशारे को महसूस करके बा-दिल-ए-ना-ख़ास्ता चुप हो गई। साइमा ने इक़रा की आँखों में ठहरे सवाल से बचने के लिए अपनी नज़रें व्हील चेयर पर बैठे हुए शख़्स पर मर्कूज़ कर लीं जो अपनी मुंतज़िर आँखों में बड़ी अजीब सी मुस्कुराहट लिये उनकी जानिब देख रहा था।

***

www.ingramcontent.com/pod-product-compliance
Lightning Source LLC
LaVergne TN
LVHW010759051026
849532LV00007B/2414
* 9 7 8 9 3 5 8 7 2 8 0 2 6 *